रेत की इक्क मुट्ठी

ज्ञानपीठ पुरस्कार से सम्मानित लेखक के
पंजाबी उपन्यास का अनुवाद

रेत की इक्क मुट्ठी

गुरदयाल सिंह

वाणी प्रकाशन ग्रुप

भारतीय ज्ञानपीठ

वाणी प्रकाशन : भारतीय ज्ञानपीठ की पुस्तकों के एकमात्र प्रकाशक एवं वितरक

Email : sales@vaniprakashan.in

सजिल्द पाँचवाँ संस्करण : 2006
सजिल्द छठा संस्करण : 2008
सजिल्द सातवाँ संस्करण : 2011
सजिल्द आठवाँ संस्करण : 2024

लोकोदय ग्रन्थमाला : ग्रन्थांक 668

प्रकाशक
वाणी प्रकाशन ग्रुप
4695, 21-ए, दरियागंज, नयी दिल्ली-110 002
फ़ोन : 011-23273167, 23275710
ईमेल : sales@vaniprakashan.in

ISBN : 978-93-5775-467-5

रेत की इक्क मुट्ठी
(उपन्यास)
गुरदयाल सिंह

REIT KI IKK MUTTHI
(Novel)
by Gurdial Singh

आवरण : ऋषि
मुद्रक : आर. टेक ऑफ़सेट प्रिंटर्स, दिल्ली-110 032

Price : INR. 295

बेटे दीपू के नाम

एक

तीन दिन तक उसे घण्टों स्टूल पर बैठना पड़ा तो मन ऊब गया। ऐसे भी बहुत फ़िज़ूल की बात थी कि विवाह को अभी एक सप्ताह भी पूरा न हुआ हो और पति पत्नी को मूर्ति की तरह सामने बिठा ले और चुपचाप चित्र बनाता चले। यह भी कोई बात हुई। वह कुछ समझ नहीं पा रही थी।

"अब कल सही, मेरा तो अंग-अंग टूटने लगा है" कहते सोनी उठकर, उसकी आज्ञा लिये बिना ही दूसरे कमरे में चली गयी।

अमरसिंह कुछ नहीं बोल पाया। वह मुस्कराने का प्रयास करता रहा, परन्तु मुस्करा नहीं पाया। जो रंग अभी गीले थे उन्हीं पर रंगों को मिलाने का प्रयत्न कर रहा था। फिर वह जैसे सब भूल गया और एक गीत गुनगुनाने लगा।

उधर सोनी थकी-हारी-सी बिस्तर पर लेटी सामने दीवार पर टँगी औरत की तस्वीर को एकटक देखने लगी। यह तस्वीर एक काली-कलूटी बड़ी-बड़ी आँखों वाली स्त्री की थी जो उसे अपनी ओर घूरती महसूस हुई। कुछ डर-सा लगा तो उठकर बैठ गयी। पिछली अलमारी के भीतर रखे शीशे में अपना चेहरा देखने की इच्छा हुई, परन्तु उठ नहीं पायी। फिर लेट गयी। अब उस 'डरावनी' तस्वीर की ओर नहीं देख रही थी। थकावट के कारण उसकी आँखें इतनी भारी हो चुकी थीं कि खुली नहीं रह पायीं। नींद आने लगी, पर सो भी नहीं सकी। फिर जब अचानक माथे पर सिहरन महसूस हुई तो घबरायी-सी उठकर बैठ गयी। नींद से बोझिल आँखें खुलीं तो पलँग की बायीं ओर उसके सामने अमरसिंह बैठा मुस्करा रहा था।

"हाय, हाय, मैं तो डर ही गयी थी," आँखें हथेलियों से मसलते हुए, कुछ डरी आवाज़ में कहा।

"क्यों, यहाँ कोई और भी आएगा तुम्हारा माथा चूमने!" अमरसिंह ने इस बार, अपने छोटे परन्तु रंग-ब्रशों से खुरदरे हुए दायें हाथ से उसका माथा सहलाते और चेहरे पर गिर रही एक लट को बालों से चिपकाते हुए मुस्कराकर कहा।

सोनी की आँखों में जैसे काँटे चुभ रहे थे। कई बार वह आँखें, कोमल उँगलियों से बार-बार मसलती रही। अमरसिंह बच्चों की भाँति मचलते, मुस्कराते उसके सुडौल अंगों को निहारता रहा। फिर धीरे-धीरे उसके माथे, ठुड्डी तथा आँखों को ऐसे सहलाने लगा जैसे वह भी कोई मूर्ति हो। उसका पति कैसा व्यक्ति था, यही समझने का प्रयत्न करती सोनी जैसे ऊब चुकी थी, परन्तु समझ न पायी थी। इसी कारण वह आँखें मूँदे फिर लेट गयी। तभी उसे अपने शिथिल अंगों में सिहरन महसूस हुई और लगा कि जैसे उसके हाथ-पाँव फूल रहे हैं...उसे अमरसिंह बच्चों की तरह गोद में बैठा लगा। सोनी की आँखें ऐसी बोझिल हुईं कि खुल नहीं पायीं।

यह उनके विवाह की चौथी रात थी। उसके बाद पाँचवीं, छठी और फिर सातवीं रात भी अमरसिंह उसे वही कपड़े पहनने को कहता और उसे अपने 'स्टूडियो' में एक छोटे स्टूल पर बिठाकर उसका चित्र बनाने लगता। सोनी को लगता कि यदि स्वयं वहाँ से नहीं उठती तो शायद वह सुबह तक उठने को नहीं कहता। वह भी उसका उत्साह देखकर तब तक बैठी रहती जब तक उसकी कमर का दर्द उठने को मजबूर न कर देता। दो-तीन घण्टे बैठे रहने से वह इतनी बुरी तरह से थक जाती कि पलँग पर लेटते ही नींद में बेसुध-सी हो जाती। फिर बहुत धूप चढ़ आने पर ही नींद खुलती।

एक-एक करके दस दिन और इतनी ही रातें बीत गयीं। ग्यारहवें दिन, जब तस्वीर सुनहरी चौखटे में मढ़कर बड़े कमरे की दीवार पर लटकायी तो सोनी को लगा जैसे वह उसकी नहीं किसी 'इन्द्र के दरबार' की किसी 'अप्सरा' की तस्वीर हो। उसे बार-बार निहारती सोचती रही : क्या वह सचमुच इतनी सुन्दर है!

अमरसिंह अपनी ही धुन में कभी उस तस्वीर को पाँच-दस क़दम पीछे हटकर जाँचने लगता तो कभी उसके पास आकर प्रत्येक लकीर, रग की गहराई या अपने ब्रश की कारीगरी को स्वयं ही सराहने लगता। कभी दूर आँगन में जाकर मुस्कराते हुए ऐसे बड़बड़ाने लगता जैसे किसी से कुछ कह रहा हो, परन्तु किसे कुछ कह रहा था, शायद उसे स्वयं भी पता न था।

फिर अचानक ध्यान हो आता कि इतनी सुन्दर कलाकृति के बारे मैं सोनी क्या सोच रही थी। यह तो उसने जानने का प्रयत्न ही नहीं किया। परन्तु तब भी उसे सोनी के पास जाकर कुछ कहते तथा उसे छूने से कुछ झिझक थी जैसे किसी बच्चे को दहकते अंगारे से हो, परन्तु अंगारे की दहकती सुन्दरता से दूर रह पाना सम्भव न हो।

"सुन्दर लगती है न?" उसने सोनी के पीछे जाकर कन्धों पर हल्के से हाथ टिकाते हुए, धीमी आवाज़ में पूछा, तो सोनी ने गर्दन टेढ़ी करके, अपने कोमल और सचमुच ही अंगारे की तरह दहकते गाल से अमरसिंह का हाथ दबा लिया।

"बहुत सुन्दर है।" इतना कह उसने जब पीछे झुकते और गर्दन घुमाते अपनी बड़ी-बड़ी बिल्लौरी-सी आँखें उसकी आँखों से मिलायीं तो अमरसिंह ने कन्धे पर रखा दायाँ हाथ ऐसे उठा लिया जैसे काँटा चुभ गया हो।

सोनी कुछ हैरान हुई उसे देखती रही, परन्तु वह अचानक हाथ झटककर आँगन में चला गया। वहीं से अपनी भूरी आँखें मटकाते और दाहिनी कोहनी से नीचे खिसकती पैण्ट को ऊपर उठाते बोला, "इसे कहते हैं आर्ट!...अमरसिंह का मुकाबला भला कौन कर पाएगा, सौ-सौ कोस तक! समझी...आये कोई करे मुकाबला। यदि किसी में दम है तो आ जाए, पर कौन आएगा? बस घर की बिल्ली घर के भीतर ही मियाऊँ कर पाती है, हमारे सामने आने का साहस नहीं कर सकती, समझी।"

सोनी ने देखा, उसकी आँखों में ऐसी चमक थी जो पहले न देखी थी। वह थोड़ी देर तक तो उसकी बच्चों-सी बातें सुनती रही, फिर पलँग पर बैठकर बाजू के सहारे सिर बायीं ओर लटका लिया। कुछ देर बाद फिर उसके अंग शिथिल होकर जैसे बेजान-से होने लगे। आँखें भी स्वयं बन्द हो गयीं और पता ही नहीं चला कि वह सोई थी या जाग रही थी।

दो

अमरसिंह आधी रात से पहले कभी घर नहीं लौट पाया था। स्कूल से आते ही चाय पीकर दो लड़कियों को ट्यूशन पढ़ाने जाता, फिर उधर से लौटते अपने मित्र मिट्ठू की दुकान पर चला जाता। दोपहर की रोटी सुबह ही साथ ले जाया करता। जाने स्कूल में खाता भी है या नहीं, सोनी को यह चिन्ता लगी रहती।

साँझ की रोटी तैयार कर वह देर रात तक उसकी प्रतीक्षा करती रहती। जब बुरी तरह थक जाती तो लेट जाती। अमरसिंह कई बार कह चुका था कि उसका इन्तज़ार किये बिना रोटी खाकर सो जाया करे, परन्तु वह ऐसा नहीं कर पाती थी। मायके में माँ ने अच्छी तरह समझाया था कि मर्यादानुसार उसे दोनों समय पति को खिलाकर ही स्वयं खाना चाहिए। परन्तु अमरसिंह चुपके से दरवाज़े पर लगाया ताला खोलकर, भीतर चला जाता और दबे पाँव रसोई में जाकर सूखी रोटियाँ चबाकर लेट जाता। सोनी को भनक भी न लगने देता। सुबह जब भी आँख खुलती तो स्टोव जलाकर चाय बना रहा होता। सोनी अलसायी आँखें मसलती रसोई में आकर मुस्करा देती।

"कोई देखे तो यही कहेगा कि मैं नहीं, तुम मुझसे ब्याहे गये हो!"

"तू देखती जा। बस एक-दो साल की बात है, फिर तेरे घर में चार-चार नौकर होंगे। सफ़ाई करनेवाला, कपड़े धोनेवाला, बरतन साफ़ करनेवाला और खाना बनानेवाला—सभी अलग-अलग होंगे और तुझे पलँग से नीचे पैर नहीं रखने दूँगा ...बस ऐश करना एश!"

सोनी कुछ न समझ पाती तो हैरानी से उसके गोल-मटोल चेहरे को ताकती रह जाती। सोचती रहती कि उसने क्या सवाल किया और उसका उत्तर क्या मिला।

धीरे-धीरे उसे अपना 'खिलौने-जैसा पति' अच्छा लगने लगा। उसका मझला क़द, गोल-गोल भरे अंग, बच्चों जैसा चेहरा व छोटी भूरे रंग की दाढ़ी—सभी कुछ सुन्दर था। सोनी को कभी कोई तकलीफ़ न होने देता। उसके जूड़े की पिन से लेकर घर की हर चीज़ का उसे ध्यान रहता। रसोई की सभी चीज़ें वह पूरे महीने के लिए तनख्वाह मिलने से भी पहले लाकर रख देता। पाँच-सात क़िस्म की चाय तो अलग-अलग डिब्बों में भरी रहती। सोनी कोई भी चाय बना लाती वह उसे सराहने लगता। सोचती इसे कभी भी उससे कोई शिकायत क्यों नहीं होती। आस-पड़ोस के मर्द कई बार दाल-सब्ज़ी में नमक-मिर्च अधिक या कम होने पर भी स्त्री से झगड़ने लगते। गाली-गलौज भी हो जाती। परन्तु उसके मुँह से तो कभी कड़वा शब्द भी उसने नहीं सुना था।

कभी-कभी वह उस लड़के जैसा लगता जो उनके मुहल्ले में अख़बारों की रद्दी, ख़ाली बोतलें, टूटी-फूटी प्लास्टिक की चीज़ें तथा आटे का छान ख़रीदने आया करता। वह गोरा-चिट्टा, बड़ी-बड़ी आँखोंवाला सुन्दर लड़का ऊँची आवाज़ में जब हाँक लगाता तो ऐसे लगता जैसे कोई गीत गा रहा हो। जब उसकी आवाज़ सुनती तो दौड़कर गली में आ जाती। परन्तु वह अपनी धुन में हाँक लगाता चला जाता। कभी रुककर उसकी ओर न देखता। तब सोनी की उम्र भी तेरह-चौदह साल रही होगी। सुन्दर थी ही। मुहल्ले के कई लड़के उसे छुप-छुपकर देखते।

एक दिन जाने उसे क्या सूझी कि दरवाज़े पर आकर पूछ लिया, "अरे छोरे, तू आटे का छान-सूहड़ा ख़रीदता है क्या?"

उस लड़के ने पहले सोनी की ओर हैरानी से देखा, फिर अपने सफ़ेद दाँत निकालते बोला, "तो और क्या सोना-चाँदी ख़रीदने आता हूँ? यह कन्धे पर रखे बोरे में क्या गोटा किनारी डालकर ले जाऊँगा!"

और मुस्कराता हुआ वह दूसरी ओर मुँह करके हाँक लगाने लगा : "छान, बूरा, अख़बारों की रद्दी, टूटी-फूटी बोतलें बेच लो...ओ...ओ...ओ...भ...ई।"

सोनी ने फिर कभी पूछा नहीं, परन्तु देखने रोज़ बाहर आती। यह भी मालूम नहीं था कि उसे क्यों देखने आया करती। वह तो कभी उसकी ओर दूसरे लड़कों की तरह देखता भी न था। यदि अचानक नज़र पड़ जाती तो एक क्षण देखकर बुद्धुओं की भाँति देखता और फिर कन्धे पर रखे भारी बोरे को सँभालने के लिए उसके मुँह को दोनों हाथों में कसकर पीठ और कुबड़ी कर लेता; उसकी मुस्कराहट जैसे बोरे के बोझ के नीचे ही दब जाती। यदि कभी-कभार मुड़कर दूसरी बार पीछे देख भी लेता तो उसी समय अपनी पुरानी पगड़ी के बालों के भीतर से बाहर निकली बालों की लटों का ध्यान आता और उसी तरह मुस्कराते बालों को ठीक करने लगता, परन्तु उसके रूखे बालों की लटें पगड़ी के भीतर न टिक पातीं। फिर भी सोनी उसकी सुरीली, बाँसुरी-की-सी आवाज़ सुनने के लिए कितनी देर दरवाज़े पर खड़ी रहती।

एक-दो बार ऐसा भी हुआ कि दूसरी गली के मोड़ पर उसने पीछे मुड़कर देखा तो अपनी निश्छल-सी मुस्कान बिखेर दी। 'बिखेर दी' शब्द सोनी को जाने कैसे सूझा कि उसके बाद वह उसे और भी अच्छा लगने लगा।

फिर कुछ समय बाद वह जाने किधर चला गया, कभी नहीं देखा। परन्तु जब भी उसकी इतनी छोटी उम्र में झुकी कमर और उसकी मुस्कान याद आती तो सोनी का मन पहले उदास हो जाता, फिर मुस्करा देती।... और अब उसी लड़के की तरह अपना पति भी 'खिलौना-सा' लगने लगा था। बिल्कुल उसी तरह कभी-कभार वह उदास भी हो जाती, जैसे उसे 'खिलौने' के खो जाने का भय हो। वह छान-बूरा लेनेवाला लड़का भी तो खो ही गया था।

"लो अपने तो हो गये पौ-बारा।" एक दिन अमरसिंह ने भीतर क़दम रखते ही कहा और आँगन में खड़ी सोनी को आलिंगन में भर लिया।

सोनी एकदम डर-सी गयी। परन्तु तभी उसके पति ने पीछे हटकर अपना छोटा-सा मुँह खोलते हुए और मूँछों को सहलाते, हँसते कहा, "लोगों की तो पाँच उँगलियाँ घी में होती हैं, हमारे दोनों हाथ ही अब घी में हैं।"

एक बार फिर ठहाका लगाते जब वह मूँछें सहलाने लगा तो सोनी उसकी निश्छल हँसी पर मुस्करा दी।

जब भी वह मुस्कराती तो उसके दोनों गालों में छोटे-छोटे गड्ढे उभर आते। तब उसका पति मचलकर जाने क्या ऊल-जलूल बोलते उसे बाँहों में भर लेता; परन्तु फिर छोड़कर पाँच-सात क़दम पीछे जाकर ऐसे देखने लगता जैसे किसी चित्र के गीले रंगों पर उँगलियों के निशान लगा दिये हों और उन्हें मिटाना चाहता हो। अब तो वह उसके पास भी नहीं आया। दूर खड़ा उसकी आँखों में आँखें डाले, दायें हाथ से थोड़ी कटी मूँछों को सहलाते और बायें हाथ की उँगलियों को अँगूठे से गिनते ऐसे बोलने लगा जैसे सुई रखने से ग्रामोफ़ोन बोलने लगता है।

"देख, घर हैं पूरे अढ़ाई हज़ार। अढ़ाई हज़ार में औसतन दो-दो परिवार तो बसते ही हैं। इस हिसाब से कुल पाँच हज़ार हुए। कम-से-कम पाँच हज़ार प्लेट तो लगेगी ही। नये पचास पैसे की दर से कुल बने अढ़ाई हज़ार। प्लेटें, रंग, ब्रश सब-कुछ कमेटी का और रुपया अढ़ाई हज़ार अपना।" कहकर, चुटकी बजाते ऊँचे स्वर में हँसा तो सोनी का मन हुआ कि उसे बच्चों की तरह उठाकर अपनी गोद में बिठा ले।

सचमुच उसे उस पर बच्चों का-सा प्यार आ रहा था। कहना चाहती थी : 'हाय रे मेरे मिट्टी के बावे, तुझे कहाँ रखूँ, कहाँ सँभालूँ!'

"देख," उसने अपने अँगूठे पर उँगली की कुण्डली बनाकर सामने टँगी सोनी

के चित्र की ओर इशारा करते उसी उत्साह से कहा, "इसे तो मैं सोने से लाद दूँगा! फिर इसके लिए यहाँ—इस जगह, नौलखा महल बनवा दूँगा। समझी...क्या समझी ...हा-हा-हा!"

सोनी सचमुच ही कुछ नहीं समझ पायी थी। उसके भोले-भाले चेहरे को अपनी कोमल मुस्कराती नज़रों से सहलाती, मुस्कराती रही।

"देख," अमरसिंह बोलता चला गया, "अढ़ाई हज़ार यह आ जाएँगे और इतने ही, यानी अढ़ाई हज़ार और। यह हुए पूरे पाँच हज़ार। पाँच हज़ार लोन लेंगे। दस हज़ार...यहाँ बनेगा दस हज़ार से फ़र्स्ट क्लास मकान, नौलखे महल-सा। यह पुराना गिरा देंगे। कोई कच्ची दीवार यहाँ नहीं रहेगी...समझी! क्या समझी...हा-हा-हा-हा!"

फिर वह कितनी देर तक भट्ठी में भुन रहे मक्का के फुल्लों की भाँति तिड़-तिड़ करता रहा। सोनी भी उसके सामने बैठी मुस्कराती रही।

उसके बाद अमरसिंह और देर से घर आने लगा। कभी-कभी तो रात के दो-तीन बजे आता। सोनी को तकलीफ़ न देने के ख़्याल से वह जाते समय गली के दरवाज़े को बाहर से ताला लगा जाता। भले ही वह कितना थका- निढाल होकर घर लौटता परन्तु इतनी भी आवाज़ न होने देता कि सोनी की नींद उखड़ जाए। पहले वह इतनी गहरी नींद नहीं सोती थी, परन्तु अब दिनभर कोई काम न होने से वह ऊब जाती और फिर सोती तो उसे कोई सुध नहीं रहती। पूर्णिमा की रात को उसे नींद अब भी नहीं आती थी। और यह भी पूर्णिमा की रात थी। शाम को खाना खाकर अमरसिंह जाने लगा तो सोनी ने पूछा, "आज जल्दी आ पाओगे?"

"क्यों? आज कोई ख़ास बात है?"

"यूँ ही।" वह जैसे शरमा गयी।

"काम अधिक है, देखूँगा।"

वह चला गया। सोनी ने खाना नहीं खाया। गुनगुने पानी से नहाकर हार-शृंगार किया। वही कपड़े पहने जो अमरसिंह को पसन्द थे। बालों का जूड़ा वैसे ही किया जिसकी वह प्रशंसा किया करता था। जब अच्छी तरह से तैयार होकर शीशे के सामने खड़ी हुई तो अपना ही चेहरा पहचान नहीं पायी। अपने ही रूप का ऐसा जादू उसने पहली बार महसूस किया था। कितनी ही देर खड़ी मुस्कराती रही। शादी के बाद पहली बार उसे स्वयं अपनी सुन्दरता की प्रशंसा करने का मन हुआ। उसकी हिरणी-सी काली आँखों की चंचलता, तीखे नाक की सीधी धार, फूलों की पंखुड़ियों-सी होठों की लाली, दहकती गोल गालों की भव्यता तथा माथे की चमक का कोई ओर-छोर न था! परन्तु सबसे अधिक उसे ठुड्डी के बीचोंबीच वह छोटा-सा

तिल इतना मनमोहक लग रहा था जो उसके मुस्कराने पर उभर आता और गम्भीर होते आलोप हो जाता, जैसे कोई छलिया हो।

नयन-नक्शों की बात का क्या! इनकी प्रशंसा तो सैकड़ों बार वह अपनी सहेलियों, जवानी में नये-नये क़दम रखनेवाले लड़कों तथा ताई-चाचियों के मुँह से सुन चुकी थी, परन्तु जो आज उसे सुन्दर लग रहा था, उसकी प्रशंसा कोई नहीं कर पाया था। उसके सभी अंग साधारण क़द के अनुरूप थे। कन्धों तथा बाजुओं की गोलाइयाँ, हाथों-पैरों का आकार, उँगलियों की लम्बाई और बनावट, सीने का उभार—किसी अंग में कहीं कोई कमी न थी। मायके की बड़ी-बूढ़ियाँ तो उसकी माँ से कहा करती थीं कि इसे काला टीका लगा दिया कर, नज़र लग जाएगी। 'नज़र तो पत्थरों को भी फाड़ दिया करती है।'

अपनी प्रशंसा खुद करते वह शरमाने लगी और गर्दन टेढ़ी करके शीशे के सामने से हट गयी। एक पल उसने पीछे की ओर लगी अपनी तस्वीर को देखा और फिर शीशे की ही तरह उसे भी देर तक देखती रही। तस्वीर के रंग कुछ अधिक शोख थे। हार-शृंगार भी सुन्दरतानुसार ही था। परन्तु न जाने क्यों उसके अन्दर की वह छवि कहीं दिखाई नहीं दे रही थी, जो शीशे में से किरण की तरह फूट-फूट निकलती उसकी आँखों में गुदगुदी-सी करती प्रतीत हो रही थी। एक-दो बार तो उस चकाचौंध से आँखें मिंच गयी और लगा कि शीशे के आगे वह स्वयं नहीं, कोई आकाश-परी खड़ी है। देखते-देखते उसकी आँखों के कोने सुर्ख तथा नम होने लगे।

फिर बाहर आँगन में चली आयी। चारों ओर सन्नाटा था। आस-पड़ोस के घरों में कोई जाग नहीं रहा था। और पूर्णिमा का चाँद आकाश के शिखर पर आ पहुँचा था। चाँद को देखते-देखते उसे ऐसा लगा जैसे तन-मन मचल उठा हो। तभी उसका नाचने का मन हुआ और धीरे-धीरे एक एड़ी थिरकने लगी। जब पाँवों में पहनी चाँदी की महीन पायजेबों के छन-छन से ताल उसके भीतर झरते 'शहद' से किसी रस की भाँति घुलने लगी तो वह सचमुच नाचने लगी...और इस बात का कुछ ध्यान न रहा कि कैसे हाथ-पाँव भी थिरकने लगे हैं। हाथों की कोमल उँगलियाँ, बाजू, कमर, जाँघें, कन्धे, गर्दन—सभी अंग ऐसे बल खाते लहराने लगे थे; जैसे वह अपने मायके में सावन की तीजों के दिनों में सहेलियों के गिद्दे के साथ नाचा करती थी। एड़ियों की ताल के साथ चेहरे पर छायी कान्ति से झूमती गयी तो धीरे-धीरे उसके सभी अंग जैसे शिथिल होते गये। अंगों में पहले एक थकान-सी महसूस हुई और फिर आलस्य होने लगा। उसने नाचना शुरू किया था तो आँखें चन्द्रमा पर टिका ली थीं। कभी-कभी अपनी पायजेबों की झनकार जैसे अपनी आँखों से सुनने के लिए वह पैरों की ओर देख लेती और वैसे ही चकोरी की भाँति फिर चाँद की ओर नज़रें टिका लेती।

और कुछ देर में पूरी तरह थककर सोनी पलँग पर जा गिरी तो कितनी ही

देर आँखें न खोल पायी। वही शहद का-सा रस नस-नस में झरता गया और सभी अंग गहन निद्रा में खो गये।

कुछ देर बाद वह जल्दी से उठकर शीशे के आगे जा खड़ी हुई। आँखें मसलीं तो काजल की धार टूट गयी। होठों की लिपस्टिक का रंग फ़ीका पड़ गया। माथे की बिंदिया भी ठीक नहीं रही, परन्तु गालों पर सन्तरी शराब की-सी लाली का रंग और भी गहरा हो गया था, जिसका नशा उसका प्रत्येक अंग महसूस कर रहा था। यह मस्ती उसके लिए असहनीय थी!...और यूँ खड़ी-खड़ी वह धम्म से पलँग पर गिर पड़ी। जैसे गिरी वैसे ही पड़ी रही। आँखों के कोने इतने भारी होने लगे कि आँखें खुल नहीं पायी। चेहरे की मुस्कान वैसे ही 'बिखरी' रही जिसका अहसास पैरों में हो रहा था, जैसे अब भी उसके पाँव थिरक रहे हों।

सोनी ने गाँव की कुछ लड़कियाँ तीजों में या ब्याह शादियों के अवसरों पर नाचती देखी थीं। वास्तविक जीवन में ऐसी कोई बात घटित हो सकती है, यह उसने कभी नहीं सोचा था। परन्तु अब उसका मन बार-बार उसी तरह नाचने को मचल रहा था, जो उसके लिए अलौकिक बात थी।

रात आधी बीत चुकी थीं, वह आधा-पौना और एक घण्टा यूँ ही पलँग पर लेटी रही, उठकर बत्ती भी न बुझा पायी। फिर उसकी बन्द आँखों से ही आँसू बहने लगे। चुपचाप लेटी रही। जब कितनी देर बाद आँसू थम गये तो चुन्नी के छोर से आँखें, गाल पोंछकर लेटे-लेटे अपनी तस्वीर को निहारने लगी। अभी भी आँखें सीली होने के कारण तस्वीर धुँधली दिखाई दे रही थी। एकटक देखते आँखों में थोड़ी चुभन महसूस होने लगी तो उठ बैठी। एक बार फिर शीशे के सामने खड़े होकर पहले तो आँखें, चेहरा अच्छी तरह साफ़ किया, फिर पलँग पर गिरकर लेटे रहने से कपड़ों में पड़ी सलवटें ठीक करने लगी। गले की माला, कानों के झुमके और फिर चूड़ियाँ ठीक कीं। बिखरे बालों को हल्की थपकी से ठीक किया। उँगलियों से पहले सारे चेहरे को छुआ, फिर छूते-छूते उन्हें सहलाने लगी। नसों में आयी शिथिलता फिर से धीरे-धीरे दूर होने लगी। परन्तु आँखें अभी तक थकी हुई थीं; कोशिश करके भी उन्हें झपक नहीं पायी। खड़ी नहीं रह पायी तो फिर पलँग पर लेट गयी। इस बार बड़े अन्दाज़ से, बाहर की ओर से ताला लगे किवाड़ों की ओर अपना मुँह करके लेटी थी। एक बाजू सिर के नीचे रख लिया और दूसरा अपने उभरे हुए कूल्हे पर टिका दिया। ध्यान से देखा तो कूल्हे तथा बाजू के बीच उसे एक 'मेहराब'-सी दिखाई दी। कितनी ही देर इसे देखती रही फिर मुस्कराते हुए, ताला लगे दरवाज़े की ओर देखने लगी। इस तरह लेटे आध-पौना और फिर डेढ़ घण्टा बीत गया। आँखें खुली रहीं। जब भी आँख झपकती मन मचलने लगता। हल्की-सी आहट भी होती तो अचानक छाती धड़कने लगती।

दीवार पर टँगे नाना जी के पुराने समय के क्लॉक की ओर नज़र गयी तो

चौंक गयी। रात के तीन बज रहे थे, परन्तु अमरसिंह अभी तक नहीं आया था। अंगों की तपिश बढ़ती गयी, परन्तु आँखें खुली रहीं। चेहरे पर मुस्कराहट भी बिखरी रही। सिरहाने रखा बाजू थक जाता तो हाथ से दबाकर फिर से उसी मुद्रा में लेट जाती; कूल्हे और बाजू के बीच की 'मेहराब' उसे बहुत अच्छी लग रही थी; (यह उसके पति को बहुत भाती थी)।

...और साढ़े तीन बजे जब बाहर से ताला खुला तो दिल की धड़कन इतनी बढ़ी जैसे छाती फट रही हो। नींद भरी आँखें बन्द हो गयीं, परन्तु आँखों के पपोटे काँपते रहे।

तभी उसका पति थका-थका-सा अन्दर आया और बत्ती जलती देख जब उसने सोनी की ओर देखा तो कुछ समझ नहीं पाया।

"पगली कहीं की!" उसने भर्रायी थकी आवाज़ में कहा और पगड़ी उतारकर कोने में पड़े मेज़ पर रखते फुसफुसाया, "बत्ती बुझाना भी भूल गयी...बहुत भोली है मेरी लाडो!"

बत्ती बुझाकर रसोई में चला गया। सोनी का दिल एक बार फिर ज़ोर-ज़ोर से धड़कने लगा। जब वह रसोई में से ठण्डी रोटी खाकर दूसरे पलँग पर लेटा तब तक सोनी के सभी अंग फिर शिथिल होने लगे थे। क्षण-भर को उसकी आँखों से अंगारों की-सी बूँदें टपकती महसूस हुईं और सभी अंग बेजान-से, बोझिल होते चले गये।

"–हा!...अ...!" उसके पति ने अँगड़ाई लेते लम्बी साँस भरी और टाँगें फैलाकर बेसुध-सा हो गया। फिर दो पल बाद उसके खर्राटे जैसे छाती में खंजर की तरह गड़ने लगे।

उस रात पल-भर भी नींद न आयी। आँखें मुँदी रहीं। दिल उसी तरह धड़कता रहा। सभी अंग जैसे तड़पते रहे...और आँखें सावन के बादलों-सी झरती रहीं। बाजू, सिरहाने का गिलाफ और बिस्तर की चद्दर भी भीग गयी परन्तु आँखों का बहना न थम पाया, जैसे कई जन्मों का खारा पानी आज ही बह जाना हो!

तीन

"यह ले पूरे अढ़ाई हज़ार और एक हफ़्ते तक अढ़ाई हज़ार और अपनी जेब में समझो। पाँच हज़ार सरकारी—और फिर अपनी समझो चाँदी!" सौ-सौ के पच्चीस नोट उसकी गोद में डालते उसके पति की आँखें जुगनुओं की-सी टिमटिमाने लगीं।

सोनी उसे देखकर मुस्करा दी।

"अब इन्हें सँभालकर रख ले।" बाजू ऊपर उठाकर अमरसिंह ने कहा, "रब्ब दाता और भी देगा। यह दोनों हाथ सलामत रहें बस!..." और मुस्कराते हुए उसने सोनी के गाल पर हल्की-सी चुटकी काट ली। फिर मक्की के भुनते फुल्लों की तरह तिड़-तिड़ करता हँसने लगा। सोनी भी अपनी गोद में पड़े नोटों को देखकर हँस दी।

फिर जाने उसने कैसा जादू किया कि दो ही महीने में दो हज़ार कहीं से और ले आया। फिर श्राद्धों से महीना पहले तक सौ-सौ, दो-दो सौ करके उसने सात-आठ हज़ार सोनी की झोली में डाल दिये। जाने कब मज़दूर ले आया और बैठक के दायीं ओर के पुराने कच्चे दरवाज़े को गिराने लगा। सोनी ख़ुशी और हैरानी से उसके 'कमाल' देखती रही। जाने कहाँ से ईंटें, सीमेण्ट, सरिया, बजरी, रेता आने लगा और गली में छोटे-छोटे 'पहाड़' से बनते गये। पुरानी दीवारें गिराने से आँगन दो-तीन फ़ुट ऊँचा हो गया। पुरानी लकड़ी या तो बेच दी या ईंधन बना लिया। यह सब कुछ ही दिनों में ऐसे हुआ जैसे कोई सपना सच हो रहा हो। सोनी को लगा जैसे उसका पति सचमुच का ही जादूगर हो। जब कभी वह उसकी सहायता का प्रयास करती तो वह बच्चों के-से अहंकार से कहता, "तू देखती चल यहाँ क्या कुछ होता है! तू अपने कोमल हाथों को भला क्यों पुरानी मिट्टी से खराब करती है! मज़दूर हैं न

इस काम के लिए। सब अपने-आप हो जाएगा। तू तो रानी बनकर पलँग पर बैठी रह। यह तेरा काम नहीं है।"

सोनी उसकी आज्ञा मानकर देखती ही रही। उसके देखते-देखते पुराने मकान की जगह नया मकान बन गया। दो बड़े कमरे, एक उतना ही बड़ा ड्राइंग रूम। बहुत अच्छी रसोई, गुसलखाना, सामान के लिए एक स्टोर—सभी कुछ नया बन गया। पुरानी बैठक भी ढह गयी और उसकी जगह शीशों की खिड़कियोंवाला 'अमर स्टूडियो' बन गया। न जाने उसका पति इतने पैसे कहाँ से कैसे ले आया कि जो मन में आया वही कुछ बनाता चला गया। सोनी ने एक-दो बार कहा, "अब बस भी करो न, यहाँ कौन दस-बीस का परिवार है जो यह सब बना रहे हो।" तो वह मीठी झिड़की से उत्तर देता, "तू बोल मत। देखती चल क्या बनता है। नाना जी कहा करते थे कि संसार में दो ही सहारे होते हैं—एक मकान का आसरा और दूसरा भगवान का आसरा। जब भगवान का हाथ सिर पर है तो फिर परवाह किस बात की!...अब तू टोकाटाकी मत कर, मुझे अपने मन की करने दे।"

लोहड़ी के त्यौहार तक, केवल चार महीनों के अन्दर ही उसका बड़ी-सी सुन्दर कोठी का-सा घर बनकर तैयार था। जब सोनी ने नये सोनेवाले कमरे में पुरानी धुली हुई चद्दरें बिछायीं तो उसका पति रात के नौ बजे बाज़ार चला गया। जाने कौन-सी दुकान उसने खुल[illegible] और क्या किया कि आधे घण्टे में नयी चद्दरें लाकर दो पलँगों पर बिछा दीं।

"जब घर नया, हम नये, फिर सामान क्यों पुराना रहे।" उसने सोनी के गाल को हल्की-सी थपकी देकर, मुस्कराते कहा।

उस दिन के बाद धीरे-धीरे घर का सारा पुराना सामान नया आ गया। (परन्तु पुराना कहीं फेंका नहीं, स्टोर में सँभालकर रख दिया।) यह सब-कुछ सोनी को अच्छा लगता था। उसका घर के प्रति लगाव बढ़ता गया। परन्तु उसके बाद मकान के लिए उधार लाये सामान के कारण ही अमरसिंह और अधिक व्यस्त रहने [illegible]। अब न उसके खाने का कोई समय था, न आराम करने का। कई-कई दिन वह [illegible] कपड़े पहने रहता। सोनी बार-बार याद दिलाती तो भी वह ध्यान न करता। 'ठीक है,' कहकर काम करने लगता। काम उसने इतने बढ़ा लिये थे कि काम के अलावा किसी बात की सुध न रही थी। आधा दिन स्कूल में बीत जाता। एक-दो सप्ताह बाद स्थानिक सिनेमा के बड़े-बड़े कई बोर्ड लिखने होते थे, जिन पर फ़िल्म के अभिनेता-अभिनेत्रियों के चित्र भी बनाने होते। बाक़ी बचे समय में मिट्ठू की दुकान पर साइन-बोर्ड लिखता।

"काम से थोड़ा ध्यान हटाकर अपनी सेहत का भी कुछ ख़्याल किया करो न।"

परन्तु सोनी की पूरी बात सुने बिना ही वह भाषण झाड़ने लगता।

"देख, तुझे दुनिया का कुछ पता नहीं।" चेहरे पर गम्भीरता के भाव लिये वह बड़े-बूढ़ों की भाँति बोलने लगता। "हमने ज़माना देखा है! हम सब जानते हैं। पैसे से ही संसार है। नाना जी कहा करते थे—बच्चा, जब तक तेरी जेब में पैसा है सभी तेरे साथ रहेंगे। जब यह न होगा तब कोई बात न पूछेगा। यह संसार की माया है। सारा संसार ही माया है। उस नीली छतरीवाले की माया! बहुत सीधी-सी बात है कि भगवान की माया, भगवान के हम। तो माया और हमारे बीच क्या भेद रहा? समझी मेरी बात! तू अभी बच्ची है। जीवन की गहरी बातें अभी तू नहीं समझ पाएगी। हाँ! हम सब जानते हैं। हमने ज़माना जो देखा है। नाना जी कहा करते थे..."

सोनी मुस्कराकर चुप हो जाती और तब भी यदि वह अपना 'ज्ञान' बघारना बन्द न करता तो वह दोनों हाथ जोड़कर उसके पाँवों की ओर झुकती कहती, "अब माफ भी करो 'गुरु जी', मुझसे भूल हो गयी!"

"जाओ माफ किया!" अमरसिंह सन्तों की भाँति ऊपर हाथ उठाकर जैसे आशीर्वाद देते कहता और दोनों ख़ूब खुलकर हँसने लगते।

सोनी को जब वह ऐसी बातें कहता तो उसे बहुत प्यार आता। कभी-कभी लगता कि वास्तव में पति ऐसे ही आदमी को कहते हैं। परन्तु फिर भी न जाने उसके इस पति में ऐसा क्या था कि उसका मन व्याकुल हो जाता। धीरे-धीरे वह व्याकुलता एक दरार-सी बनती जा रही थी। यह भरा-भरा घर सूना-सूना लगने लगता। सभी कुछ होते हुए भी जैसे कुछ भी न हो।

जब से उनका नया घर बना था आस-पड़ोस की स्त्रियाँ सोनी के पास दिन-रात बैठी रहतीं। पहले-पहल जो उससे कलाम भी न करती थीं, अब पहरों उससे बातें करती रहतीं। उसके पति और नाना की प्रशंसा करतीं। कभी-कभी उनकी बार-बार दुहराई उन्हीं बातों से सोनी ऊब जाती। परन्तु यदि कोई एक-दो दिन ऐसी बातें करनेवाली न आती तो भी उसका मन बेचैन होने लगता। ऐसा क्यों था, यह वह समझ न पायी।

सोनी का पति अब रात के समय मिट्ठू के पास कम जाने लगा था। वह रात को अपने ही 'स्टूडियो' में काम करता रहता। शायद इसीलिए सोनी पहले से प्रसन्न रहने लगी थी। जितनी देर वह काम करता, उतनी देर वह कढ़ाई-बुनाई में लगी रहती। वह हर घण्टे, डेढ़ घण्टे बाद उसके लिए चाय बनाकर लाती। फिर उसे चाय पीते समय भी काम करते देखती रहती तो यह सब अद्भुत, लुभावना-सा लगता। जब अमरसिंह बोर्ड पर आँखें गड़ाये अक्षर लिख रहा होता तो उसकी आँखें एकटक उसी अक्षर पर गड़ी रहतीं। तीन-तीन कलमें अपने बायें हाथ की उँगलियों

में फँसाये रखता। एक-दो कानों में और जूड़े में भी ठूँस लेता। सिर के छोटे, घुँघराले बाल बिखरे रहने से उसका चेहरा ऐसा दिखाई देता जैसे चूल्हे पर रखे उलटे तवे के नीचे पीतल का लोटा पड़ा हो। (यह सोचना सोनी को जाने क्यों अच्छा लगता।) अमरसिंह की सफ़ेद बनियान गिरगिट की तरह रंग बदलती दिखाई देती और पैण्ट भी रंगों से लिपी-पुती रहती। काम करते समय उसे चाय पीने के सिवा और किसी बात का ध्यान न रहता। सोनी को अपने पति की यह बेध्यानी अधिक लुभावनी लगती।

उसके लिए भी अब बहुत काम था। वह सुबह अमरसिंह को तैयार करके स्कूल भेज देती तो उसका पहला काम 'अमर स्टूडियो' को साफ़ करने का होता। सफ़ाई करते वह हर चीज़ को झाड़-पोंछकर, धोकर सही जगह पर टिका देती। रंग से पुते ब्रश-कलमें वह ऐसे ही छोड़कर भाग जाता। रंगोंवाली कटोरियाँ और प्लेटें जहाँ-की-तहाँ पड़ी रहतीं। फ़र्श पर वार्निश तथा रंगों के धब्बे पड़े होते। सोनी को इन चीज़ों की सफ़ाई करते समय पहले-पहल मिट्टी के तेल की बड़ी अजीब-सी दुर्गन्ध आने लगती थी पर धीरे-धीरे वही अच्छी लगने लगी। अब वह कितनी ही देर मिट्टी के तेल में हाथ डुबोये रहती। ब्रश तथा रंगोंवाली कटोरियाँ अच्छी तरह धोकर लकड़ी के बक्से में रखती तो लगता जैसे वह भी कोई 'पेण्टर' हो! 'कलाकार'! वह हर रोज़ हर चीज़ ठिकाने पर रखती परन्तु अगली सुबह अमरसिंह फिर बिखेर देता। यह सब उसे अब अच्छा लगने लगा था। इसी से अहसास होता कि वह भी कोई बड़ा काम कर रही है; पति का साथ दे रही है।

"ले आज से तेरी छुट्टी।" एक दिन अमरसिंह ने आकर बड़े रोब से कहा और अपने साथ आये लड़के का कन्धा पकड़कर बोला, "आज से सभी कामों में यही मेरा हाथ बटाया करेगा। तुझे अब रंग-ब्रशों को हाथ लगाने की कोई ज़रूरत नहीं।"

सोनी चुप रही।

अगले दिन उसे लगा जैसे उससे कुछ छीन लिया गया हो। लड़का सुन्दर सुडौल और कुछ फुर्तीला भी था। अमरसिंह के इशारा करते ही बात समझ लेता और आँख झपकते ही काम निपटा देता। सोनी कुछ दिन तो चुपचाप देखती रही, फिर एक दिन जाने उसे क्या हुआ कि अचानक ही आगबबूला हो गयी।

"उसे मैं रसोई में नहीं आने दूँगी...जाने कौन जात-कुजात है!"

अमरसिंह ने हैरानी से उसकी ओर देखा तो देखता रह गया। सोनी का सुन्दर गोरा चेहरा क्रोध से काला-पीला लगने लगा था।

"मेरी बात सुन रहे हो ना—मैं इसे तुम्हारे स्टूडियो से बाहर घर में कहीं न आने दूँगी।" उसने लड़के की ओर घूरते हुए फिर कहा। अमरसिंह कुछ क्षण बोल नहीं पाया।

"यह क्या बात हुई?" अमरसिंह ने हँसते हुए अपना-सा मुँह बनाकर कहा।

"तुम तो ऐसे कह रही हो जैसे मुझसे कोई महापाप हो गया हो। ऐसी कोई बात है तो इसे मैं अपनी पीठ पर बिठा रखूँगा, कहीं भी न जाने दूँगा। तब तो ठीक है?" अमरसिंह ठहाका लगाकर हँसने लगा। परन्तु अजीब बात थी कि सोनी के चेहरे के तेवर नहीं बदले।

उस दिन के बाद उसने लड़के को रसोई में नहीं आने दिया। सोनी घण्टे-डेढ़ घण्टे के बाद चाय बनाकर लाती और बीच के समय आँगन में बैठी कोई बुनाई-कढ़ाई का काम करती, कभी गुस्से से तो कभी चुपचाप, ऐसे ही बड़बड़ाते उस लड़के की ओर घूर-घूरकर देखने लगती। वह बेचारा हर समय सहमा-डरा, आँखें झुकाये रखता। उसकी पहले की फुर्ती भी अब जाने कहाँ गुम हो गयी थी।

फिर अचानक जाने क्या हुआ कि एक दिन चाय बनाने के बाद उस लड़के से कहा, "अरे छोकरे! मैं थक गयी हूँ, अब तू ही चाय बनाकर लाना।"

फिर बाहर आकर, बड़े मूढ़े पर बैठी उन दोनों की ओर ऐसे देखने लगी जैसे उसे पहली बार देख रही हो। अमरसिंह हैरानी से मुस्कराता उसकी ओर देखकर चाय पीने लगा तो सोनी ने उसकी ओर नहीं देखा।

कुछ समय बाद अमरसिंह का इशारा पाते ही जब वह लड़का चाय बना लाया तो ट्रे में तीन प्यालियाँ रखे, सोनी के सामने झुकते बोला, "आपकी चाय बीबी जी।"

"अरे मैं तो तुझे गोबर गणेश ही समझती रही!" मुस्कराकर उसने प्याली उठा ली तो लड़के का चेहरा शरमाने के कारण लाल हो गया।

"यह तो हीरा है हीरा! इसकी क़दर किया करो तुम!" अमरसिंह ने जैसे ख़ुशी से उछलते कहा।

उसके बाद सोनी की नज़र ही बदल गयी। लड़के को काम करते शायद पन्द्रह-बीस दिन हो गये थे, परन्तु सोनी ने उसका नाम भी न पूछा था। उसे स्वयं भी इस बात पर हैरानी हो रही थी। (अमरसिंह के मुँह से भी कभी पूरा नाम न सुना था; सुना हो तो ध्यान न था।)

"अरे तेरा नाम क्या है?" एक दिन चाय का प्याला उठाते पूछा।

"जी मेरा नाम पीता।"

"पीता या प्रीतू?"

"जी पूरा नाम तो प्रीतम है। ऐसे सभी पीतू कहते हैं।"

"नाम तो सुन्दर है!" वह मुस्करायी।

"जी यह कौन-सा मैंने आप रखा है, घरवालों ने रख दिया। कुछ भी रख देते, मेरे बस की बात थोड़े थी।"

"तेरी यह बात बहुत अच्छी लगी।" वह हँस दी।

प्रीतू भीतर चला आया, परन्तु अमरसिंह को पता नहीं चला कि सोनी ने उससे

क्या कहा। वह अपने काम में मग्न था। सोनी ने कई बार भीतर झाँका परन्तु प्रीतू ने उस ओर नहीं देखा। आज पहली बार सोनी को महसूस हुआ कि प्रीतू तो बहुत सुन्दर था—शायद उसके पति से भी अधिक सुन्दर।

उससे अगले दिन जब अमरसिंह शाम को किसी काम से बाहर चला गया तो प्रीतू ब्रश और रंगों की कटोरियाँ साफ़ करने लगा। सोनी ने उसके पास आकर कहा, "यह काम निपटाकर उधर, दूसरे कमरे में आना...अच्छा।"

प्रीतू कुछ उत्तर नहीं दे पाया। जब हाथ-मुँह धोकर दूसरे कमरे में गया तो सोनी ने पलँग पर रखे, अमरसिंह के पुराने परन्तु धुले साफ़ कपड़े पहनने को कहा। फिर बाहर जाते बोली, "यह पहनकर बाहर आना।"

प्रीतू पहले कुछ झिझका। फिर कपड़े पहनकर बाहर आया तो नज़रें ऊपर नहीं उठा पाया। सोनी का चेहरा खिल उठा। परन्तु कह केवल इतना ही कह पायी, "अब देख न कितना अच्छा लगता है तू!"

उस दिन के बाद प्रीतू सोनी के सामने मैले कपड़े पहनकर, बिना नहाये या बिखरे बाल लेकर नहीं आ पाया। (जैसे 'मालकिन' के मन की बात उसने जान ली थी।)

कुछ समय बाद सोनी ने प्रीतू के बारे में सब-कुछ जान लिया। वह पास के गाँव का रहनेवाला था। माँ-बाप लोगों की ब्याह-शादियों में काम करके गुज़ारा करते थे। चार भाई-बहन थे। वह बड़ी बहन से छोटा था, जिसकी शादी की चिन्ता माँ-बाप को हर समय सताये रहती। इसी कारण वह गाँव के मिडल स्कूल में आठवीं पास करके, 'उस्ताद जी' के पास आ गया था। सोनी पूछती तो बहुत मीठे नम्र स्वर में कहता, "जी उस्ताद जी तो देवता हैं। अब कहते हैं मुझे काम भी सिखाएँगे और दसवीं तक पढ़ाएँगे भी। इनका अहसान तो मैं सात जनम नहीं भूल पाऊँगा जी!"

"अच्छा तो तू यह भी जानता है कि आदमी के सात जनम होते हैं!" सोनी ने व्यंग्य से कहा।

"यह तो जी मुझे क्या पता, लोग ऐसा कहा करते हैं।" वह शरमा गया।

सोनी भी मुस्कराने लगी।

सोनी को लगने लगा जैसे अब वह कोई कन्या-कुँवारी नहीं, ज़िम्मेतार गृहिणी है। बड़े घर की मालकिन! कितना बड़ा नया घर था और कितना ही घर में सामान था। फिर अब तो घर में सहायता के लिए एक नौकर भी...भले ही वह नौकरों-जैसा नहीं था, वह उसे वह घर का सदस्य ही मानने लगी थी।...और कुछ सप्ताहों के बाद वह माँ बननेवाली थी, तब तो और भी अधिक ज़िम्मेवारियाँ बढ़ जाएँगी। जब मायके की याद आती तो 'माँ' शब्द सोचते ही शरमा जाती; परन्तु मन-ही-मन 'बड़ी' होने

का अहसास होता। वह कैसे भी महसूस करे, समय तो उसके रोके नहीं रुकेगा।

समय को बीतना था बीत गया और वह एक बच्ची की माँ बन गयी। पुरानी रीति अनुसार अमरसिंह ने उसे मायके नहीं भेजा, अस्पताल में बच्ची का जन्म हुआ। उसने सोनी के मायके सन्देशा भेज दिया। वहाँ से सोनी की माँ आयी और पन्द्रह-बीस दिन बाद लौट गयी। कुछ दिन सोनी उदास रही।
भी बच्ची को देख बधाई देने की बजाय ठण्डी साँस भरतीं
की मरज़ी,' कहकर चली जातीं।

परन्तु अमरसिंह ने उसे कभी उदास होने नहीं दिया। हँसते हुए मूँछों पर हाथ फेरते कहता, "तू देखना मैं इसे इतनी बड़ी कलाकार बनाऊँगा कि लोग अमृता शेरगिल को भी भूल जाएँगे। इसे पेरिस भेजकर पेण्टिंग की ऊँची-से-ऊँची ट्रेनिंग दिलाऊँगा। फिर तू देखना..."

उसकी ऐसी बातों से कभी-कभार तो सोनी को वह 'शेखचिली' जैसा लगता। फिर उसे भरोसा भी होने लगता। केवल दो-अढ़ाई साल में उसने इतना कुछ कर दिखाया था जो सोनी कभी सपने में भी नहीं सोच पाई थी। ऐसा सोचते उसे अमरसिंह 'शेखचिली' जैसा नहीं, उस शहज़ादे जैसा लगता जो उड़नेवाले घोड़े पर सवार जाने किन-किन आकाशों में घूमता, सात-सात शहज़ादियों को ब्याह लाया करता। ऐसी कहानियाँ उसने बचपन में सैकड़ों सुन रखी थीं। (और वह कभी-कभी तो सच लगने लगतीं।) परन्तु जाने क्यों वह कुछ क्षण बाद फिर उदास हो जाती। यदि यह सचमुच ही बच्ची को लेकर कहीं देस-कुदेस चला गया तो मैं अकेली यहाँ—इतने बड़े घर में, क्या करूँगी। और वह भयभीत-सी हुई चुपचाप अपने 'खिलौने'-से पति की ओर ऐसे देखने लगती जैसे वह आदमी नहीं कोई शहज़ादा ...या फिर बन्दर हो जो घरों की छतों पर दौड़ते 'चिरचिर' कर रहा हो। (यह सोच वह बरबस हँसने लगती।)

अगले दो बरसों में सोनी के घर एक और बेटी आ गयी। 'जंजाल' बढ़ गया। उसके पति ने कितने ही आडम्बर और रच लिये थे। वह जाल में फँसी कबूतरी की भाँति सहमी-सहमी आस-पास ऐसे देखने लगती जैसे घर में नहीं किसी जंगल में भटक गयी हो।

एक दिन जब अमरसिंह ने बताया कि वह मिट्ठू के साथ बहुत बड़ी दुकान करने जा रहा है तो सोनी जैसे स्तब्ध रह गयी। यह भी नहीं पूछ पायी कि दुकान कहाँ, कब और कैसे करेंगे। परन्तु अमरसिंह तो दुकान की खुशी में पागल हो रहा था। हर समय जाने क्या ऊटपटाँग बोलने लगा था। पंजाब की नयी राजधानी में जाने और स्कूल से लम्बी छुट्टी लेने के लिए जाने कैसे-कैसे मनसूबे बना रहा था।

सोनी को तो तभी कुछ पता चला जब वह राजधानी जाने की तैयारी करने लगा।

"और हम...?" एक दिन सोनी ने सहमी आवाज़ में पूछा।

"तुम!" अमरसिंह ने कुछ हैरानी से सोनी के चेहरे को देखा और ठहाका लगाकर हँसते हुए बायीं कोहनी से पैण्ट की पेटी ऊपर खींचते और बायीं आँख दबाते, अपने ही अन्दाज़ में कतरी मूँछों पर हाथ फेरते बोला, "आपके लिए है यह अँग्रेज़ों के बँगले जैसा सीसमहल। खेलने के लिए दो गुड़ियाँ। काम करने के लिए प्रीतू जैसा वफादार नौकर। और खाने-ख़र्चने के लिए सौ-सौ के कड़कते नोट! और यह 'ख़ादिम' आपके लिए ही कमाई करने परदेस चला है! बस आवाज़ देना...सिर के बल चला आएगा आदाब बजाने!"

और हँसते-हँसते ही जब उसने सोनी के अधिक निखरे गोरे सुन्दर चेहरे को दोनों हाथों में भर लिया तो सोनी उसके ठण्डे हाथों के कारण (या मन की किसी अनजानी दशा के कारण) सिर से पाँव तक काँप गयी। कुछ क्षण सीधे अमरसिंह की, सितारों की-सी चमकती आँखों में तकती रही...फिर पति के कन्धे पर सिर रख लिया। अमरसिंह ने झिझकते हुए जब उसे आलिंगन में भर लिया तो सोनी की आँखों से आँसू बहने लगे। अमरसिंह हँसते-हँसते उसकी पीठ सहलाते कह रहा था, "हम तो ख़ादिम ठहरे जनाब! कहा न बस आवाज़ देना, नोटों के गट्ठे लेकर चरणों में हाज़िर हो जाएँगे।..."

और वह ज़ोर-ज़ोर से हँसने लगा। परन्तु सोनी की आँखें उसी तरह बेबस बहती रहीं।

चार

अमरसिंह जब सुबह की गाड़ी से उतरा तो उसे मिट्ठू उसके इन्तज़ार में खड़ा मिला। वह पहले अमरसिंह के पाँवों की ओर झुका, परन्तु ऊपर ही पकड़ लिये जाने पर दोनों आलिंगन भरकर मिले।

"बड़ा इन्तज़ार करवाया उस्ताद तुमने।" मिट्ठु ने शिकायत भरे लहजे में कहा।

"तुझे पता तो है कि काम कितना है। अब भी अधूरा छोड़कर भागा हूँ। नहीं तो क्या जाने अभी और कितने दिन न आ पाता।" अमरसिंह मिट्ठू को थपकी देता बार-बार सीने से लगा लेता। सफ़र की नींद के बावजूद वह फूल-सा खिला हुआ था। उससे अपना मुँह बन्द नहीं हो रहा था। ढीली पगड़ी बार-बार आँखों पर ढुलक आती और वह उसे बड़े अन्दाज़ से ऊपर उठा लेता, परन्तु दूसरे पल पगड़ी फिर उसकी आँखों पर गिर जाती। मिट्ठू को उस्ताद की यही बातें हास्यास्पद लगती थीं, इसलिए वह स्टेशन पर खड़ा-खड़ा ही हँसने लगा।

"हँसता है!" अमरसिंह बात समझते हुए पर वैसे ही बत्तीसी निकालकर आँखें नचाते हुए बोला, "अपना काम तो यूँ ही रहेगा उस्ताद, भले ही अमरीका, कनाडा चले जाएँ।" फिर बीच में ही बात बदलते हुए कहने लगा, "यार यह जगह तो बड़ी अच्छी है!" चारों ओर नज़र दौड़ा बात कहाँ-से-कहाँ ले गया। "क्या कमाल की सीनरी है! है न। एक ओर पहाड़, इधर हरियाली और इतनी अच्छी सड़कें। अलग तरह के मकान। वाह!"

"बहुत कुछ है यहाँ उस्ताद जी! अभी तुमने देखा ही क्या है यहाँ का।" मुस्कराते हुए अपनी तंग पैण्ट में से डिबिया निकालकर सिगरेट सुलगाते हुए बोला, "यह तो जन्नत का नज़ारा है हमारे लिए। यहाँ हर चीज़ मिल जाती है। सस्ती-से-

सस्ती और महँगी-से-महँगी। हर काम हो सकता है, जहाँ जो भी कर सको, करो।"

"तुम्हारी वही बातें रहीं यार।" अमरसिंह उसके कन्धे पर हाथ मारते बोला, पर फिर थकी आवाज़ में कहा, "अच्छा, आ अब चलें, सारी रात सो नहीं सका।"

मिट्ठू ने अपने घने लम्बे बाल दायें हाथ से ठीक किये और होठों में सिगरेट दबाकर, अपनी गहरे रंग की कमीज़ को पैण्ट की पेटी के पास से ठीक करते हुए, कुली को आवाज़ दी। अमरसिंह को मिट्ठू की हरकतों से लगा जैसे वह यहाँ आकर बहुत बदल गया हो। परन्तु उसे उसकी यह शक्ल-सूरत बुरी नहीं लगी। हँसते हुए फिर उसके कन्धे पर हाथ रखते कहा, "यह बात तेरी अच्छी लगी कि जैसा देस वैसा भेस।"

परन्तु अपने इस शागिर्द-उस्ताद की उस्तादी तो उसने दुकान पर ही आकर देखी। वह देखकर जैसे अचम्भित-सा रह गया कि दो-तीन महीनों में मिट्ठू ने वह आडम्बर रच लिया था जो स्वयं अमरसिंह शायद कई सालों में न रचा पाता। दुकान तो छोटी-सी थी केवल दस फ़ुट चौड़ी, पन्द्रह फ़ुट लम्बी; परन्तु इसमें बोर्ड इतने ठूँसे हुए थे कि तिल रखने की जगह नहीं थी। दुकान के पिछवाड़े कुछ पुराने बोर्डों की दीवार-सी बनाकर उसकी आड़ में मिट्ठू ने अपना बिस्तर लगा रखा था। पिछली ओर ही छत के नीचे एक और छत थी जहाँ मिट्ठू ने स्टोर बना रखा था। वहाँ रंगोंवाले डिब्बे, और कितना ही और सामान इस तरह भरा हुआ था कि वहाँ भी एक इंच जगह ख़ाली न थी। ज्यों-ज्यों अमरसिंह दुकान का अन्दर-बाहर से निरीक्षण करता गया, उसका मन ख़ुशी से उछलता रहा।

"देखते क्या हो उस्ताद, अपना एक और स्टोर है; पिछवाड़े में। यहाँ तो केवल ज़रूरी सामान ही है।" मिट्ठू ने एक नज़र दुकान पर डाली और फिर जल्दी से बोला, "अच्छा उस्ताद जी, अब तुम एक घण्टा उस चारपाई पर आराम करो, नहीं तो छोटे 'उस्ताद' आ जाएँगे, फिर तुम सो नहीं पाओगे।"

अमरसिंह अभी भी हैरान था। थका-थका-सा चारपाई की ओर गया, परन्तु फिर उसे अहसास हुआ कि अब आराम कर नहीं पाएगा। इतना काम बाक़ी हो तो भला आराम का क्या मतलब!

"अच्छा छोटे भाई, आराम तो फिर करेंगे पहले चाय पिलाओं।"

"अभी लो जी, मैंने तो आपके आराम का ध्यान करते कहा था, चाय की यहाँ कोई कमी है, चाहे कनस्तर भर पीयो।" कहते हुए मिट्ठू बाहर चला गया।

चारपाई पर लेटे-लेटे अमरसिंह एक-एक बोर्ड को ध्यान से देखता रहा। कुछ अक्षरों की बनावट तथा सफ़ाई देखकर चकित रह गया। उसे दस साल से अधिक समय काम करते हो गये थे। इतनी सफ़ाई, महारत तो उसके काम में भी न आ पायी थी। जाने कौन-से ख़्यालों में डूबा वह कहाँ खो गया था कि बार-बार बोर्डों की ओर देखे जा रहा था।

मिट्ठू चाय और कितना ही सामान खाने के लिए ले आया। जब उसने चाय की बड़ी प्याली अमरसिंह को दी तो वह मिट्ठू के चेहरे की ओर हैरानी से देखने लगा।

"मिट्ठू!" अमरसिंह ने अनायास ही उसके कन्धे पर हल्की-सी थपकी देते कहा, "यह तो कमाल हो गया यार। तूने तो यहाँ आकर क्या का क्या कर दिया!"

"हमने तो क्या का क्या कुछ नहीं किया उस्ताद जी! क्या का क्या और कमाल तो अब होगा जब आप हमारे रहबर बनकर रास्ता दिखाएँगे।"

"अरे अब किस बात की परवाह है! जहाँ हम दोनों हों वहाँ क्या सम्भव नहीं। और तो और आकाश को भी पैबन्द लगा देंगे!" अमर ने हँसते हुए कहा।

मिट्ठू खुश था कि उस्ताद का पहला प्रभाव ही बहुत अच्छा था। उसकी तारीफ़ तो उसके लिए जैसे वरदान थी।

अमरसिंह को चाय देने के बाद मिट्ठू दुकान का दरवाज़ा बन्द कर किसी काम से बाहर चला गया तो अमरसिंह को थकावट के बावजूद नींद नहीं आयी। दो पल के लिए वह चारपाई पर लेटा, फिर उठकर खड़ा हो गया और दुकान में इधर-उधर घूमने लगा। बोर्डों को छूकर देखता कलमों, रंग के डिब्बों और ब्रशों की क़िस्में जाँचने लगा। फिर नेम-प्लेटों पर से नाम पढ़ता रहा; उसका उल्लास अभी कम न हुआ था कि दो लड़के दुकान का दरवाज़ा खोलकर अन्दर घुस आये।

"सत श्री अकाल! बड़े उस्ताद जी।" उनमें से बड़ी उम्र का लड़का जिसके चेहरे पर चेचक के दाग़ थे और रंग काला, मुस्कराकर और बिन बुलाये ही बोलने लगा। "जी कल ही उस्ताद जी ने बताया था कि आप आ रहे हैं। हमें तो बहुत ख़ुशी हुई जी। उस्ताद जी कहते थे आप बहुत बड़े पेण्टर हैं। हमारे उस्ताद के भी उस्ताद हैं। फिर आप तो बड़े-से-बड़े उस्ताद हुए न जी!"

और वह बोलता चला गया परन्तु अमरसिंह उसकी कोई बात समझ नहीं पाया। लड़का बहुत तेज़-तर्रार था। घाट-घाट का पानी पिये लगता था। उसके साथ दूसरा लड़का बहुत भोला-भाला और सीधा-सादा लगा। गोरा रंग, सुन्दर चेहरा और दरमियाना क़द। वह शरमाता हुआ जाने मुँह में क्या बड़बड़ा रहा था। एक-दो बार आँख उठाकर उसने 'उस्ताद' की ओर देखा और फिर आँखें नीची कर लीं।

"क्यों रे लड़के, तेरा क्या नाम है?" अमरसिंह ने काले लड़के की बड़बड़ से तंग आकर दूसरे से पूछा।

"जी, मित्तू मियाँ।" उसने सुरीली आवाज़ में उत्तर दिया।

"मित्तू मियाँ?...यह भी कोई नाम हुआ।" अमरसिंह सचमुच हैरान था।

"जी, मीयें हमारी ओर एक गोत होया करदा, पहाड़ में।"

लड़का कुछ शरमा गया। अमरसिंह को उसके बोलने का ढंग और उसका शरमाना बहुत प्यारे लगे। आगे बढ़कर उसने लड़के को थपकी दी और ख़ुश होते

हुए पूछा, "काम-काज कर लेता है कि अभी..."

"अभी तो जी थोड़ी देर हुई सिखदियाँ को।"

"यह तो बड़े उस्ताद जी, बस ऐसा ही है बुद्धू-सा; फिर भी चलेगा।"

दूसरे लड़के ने अपनी मेंढक की-सी नाक फुलाते हुए कुछ उभरे होठ उठाकर जैसे घृणा से बात काटी तो वह अमरसिंह को और भी बुरा लगने लगा। उसने घूरकर उसे देखा तो प्रतीत हुआ कि उसका शरीर लम्बा और कंकाल-सा, हाथ-पैर लम्बे और बेढब थे। नीले रंग के चूड़ीदार पाजामे जैसी पैण्ट में उसकी टाँगें बीड़ियों जैसी लगती थीं। बड़े-बड़े फूलोंवाली कमीज़ पहन रखी थी जो उसकी छाती पर ऐसे चिपकी हुई थी जैसे सरेस लगाकर चिपकायी हो।

"क्यों बे, नाम क्या है तेरा?" अमरसिंह ने रूखे स्वर में पूछा।

"मेरा नाम सुल्तान अकबर है जी।"

अमरसिंह को ऐसा लगा जैसे वह नवाबों की-सी अकड़ दिखा रहा हो।

"सुल्तान तो कोई तेरे परदादा के परदादे का परदादा रहा होगा, पर तू इतना क्यों अकड़ रहा है?"

"जी, क्या कहा आपने?"

"सिर तेरी जम्मणवाली का!"

अकबर समझ नहीं पाया कि उस्ताद ने क्या कहा, इसीलिए हँसने लगा। अमरसिंह भी हँस दिया तो उसे हँसते देखकर मित्तू मियाँ ने भी दबी-सी मुस्कराहट 'उँड़ेल' दी।

उसी समय सुल्तान अकबर एक मैला-सा कपड़ा लेकर अधूरे बोर्ड को पोंछने लगा। पलक झपकते ही वह रंग बनाकर जब कलम से लिखाई करने लगा तो अमरसिंह देखता ही रह गया। इतना साफ़ और तेज़ हाथ उसने आज तक किसी पेण्टर का नहीं देखा था। उसका गुस्सा एकदम उतर गया और मुस्करा दिया।

इधर मित्तू मियाँ तो बेचारा न जाने क्या ढूँढ़ रहा था और उसे मिल नहीं रहा था।

"क्या ढूँढ़ रहा है हमारा पहाड़ी बन्दर!" मिट्ठू ने दुकान में आते ही पूछा।

"जी, वो प्लेट ढूँढ़ रहा हूँ।"

"वो तो इधर है।"

मिट्ठू ने रुखाई से बायीं नुक्कड़ की ओर इशारा करते कहा, और फिर अमरसिंह को देखकर हैरानी से बोला, "आप अभी तक सोये नहीं उस्ताद जी?"

"बस नींद ही नहीं आ रही थी।"

"अब आप इन बन्दरों के आ जाने के बाद बिल्कुल नहीं सो पाएँगे।"

"ठीक है, सोने के लिए तो सारी उम्र पड़ी है, अब जागना ही चाहिए।"

अमरसिंह ने लापरवाही से उत्तर दिया। आँखें सुल्तान अकबर के ब्रश पर गड़ी हुई थीं। फिर वह अनायास बोला, "यह तो तूने अच्छा शागिर्द ढूँढ़ा है कहीं से; कमाल का हाथ है इसका।"

"यह तो केवल एक छोटा-सा नमूना है उस्ताद जी। कल इसके बाप के बाप का काम दिखाएँगे तो आपकी आँखें विश्वास नहीं कर पाएँगी। यहाँ तो एक से बढ़कर एक बिच्छू के बच्चे!"

अगले चार-पाँच दिनों में अमरसिंह ने वे 'बिच्छू के बच्चे' भी देख लिये। सुबह से शाम तक पाँच-छह लड़के दो-दो, तीन-तीन घण्टों के लिए दुकान पर आते और देखते-ही-देखते बहुत-सा काम निपटाकर चले जाते। अमरसिंह उनकी उँगलियों की फुर्ती देखता रह जाता। कभी-कभी तो उसको अहसास होता कि वह उनके सामने अनाड़ी है। परन्तु उसे एक बात की ख़ुशी थी कि यहाँ पर करने के लिए उसके पास इतना काम था। सोने के लिए बड़ी मुश्किल से ही चार-पाँच घण्टे निकाल पाता। इन चार-पाँच घण्टों में वह चाहता तो कार्य कर सकता था। मिट्ठू ने ऐसा प्रबन्ध कर रखा था कि दुकान के पिछवाड़े स्टोर में भी बत्तियाँ जलाकर लड़के काम करते रहते। इसलिए उसने रात को गश्त करनेवाले सिपाहियों, चौकीदारों, यहाँ तक कि शॉप इन्स्पेक्टरों से साँठ-गाँठ कर रखी थी, कोई इधर आता ही नहीं था।

मिट्ठू ने एक हफ़्ते के अन्दर दुकान का सारा काम अमरसिंह को सौंप दिया और ताकीद की कि वह खुद काम करने के बजाय सारा काम लड़कों से करवाए। परन्तु अमरसिंह ऐसा नहीं कर पाया। लड़के उसे अपने से कहीं चालाक लगते थे। रहती कुछ कमी सुल्तान अकबर ने पूरी कर रखी थी। वह स्वयं ही दुकान का 'मैनेजर' बनकर, सभी लड़कों को मशीन की तरह घुमाये रखता। लड़के भी अकबर की ही तरह तेज़-तर्रार थे। एक बेचारा मित्तू ही कुछ सुस्त था। इसलिए अमरसिंह ने उसे अपने साथ रखा। वह बहुत शर्मीला और भला लड़का था। कभी न कोई शरारत करता, न अधिक बोलता, जो भी काम करने को कहा जाता वह चुपचाप करने लगता।

अमरसिंह सुबह उठते ही हाथ-मुँह धोकर काम में जुट जाता और कई बार नाश्ता तथा खाना भी भूल जाता। काम से थककर चूर हो जाता तो बहुत रात गये ही बिस्तर पर लेट पाता। मिट्ठू तो सारे दिन में दुकान पर दो-तीन चक्कर मुश्किल से लगा पाता। वह भागता ही आता और भागदौड़ में ही लौट जाता। अमरसिंह को कुछ पता नहीं था कि की-बोर्ड, चौखटे, नेम-प्लेटें, चद्दरें और कैनवस कहाँ से आते और कहाँ चले जाते! रंग, वार्निश, तेल, ब्रश नये आते रहते, पुराने फेंक दिये जाते। अमरसिंह तो कभी बाहर आकर यह भी नहीं देख पाया था कि इस शहर

के बाज़ार कितने और कैसे थे; उनकी दुकान कहाँ, किस इलाक़े में थी। ऊपर के सभी काम तो मिट्ठू ने अपने ज़िम्मे ले रखे थे। वह तो दुकान में रहने, काम करने तथा काम करवाने का ज़िम्मेदार था। बाहर के कामों की चिन्ता उसे नहीं थी।

परन्तु एक दिन अचानक मिट्ठू ने हरे रंग का बिल्कुल नया स्कूटर दुकान के सामने ला खड़ा किया और अमरसिंह को काम से फारिग होने को कहा। कुछ ही मिनटों में उसके हाथ धुलवाकर दाढ़ी ठीक-ठाक करवा के नये कपड़े पहना दिये और 'आदमी बना' कर स्कूटर के पीछे बिठा लिया। जब उसने शहर की सड़कों पर स्कूटर तूफ़ान मेल की तरह दौड़ाया तो पीछे बैठे अमरसिंह को लगा जैसे मिट्ठू उसे किसी बिल से निकालकर खुले आकाश में ले आया हो—किसी परियों के देश में!...न तो इस शहर के घर आम शहरों के घरों जैसे थे और न ही आदमी। चेहरे अपने ही आदमियों के थे, परन्तु बहुत-कुछ किसी और देश का लगता था।

"यार मिट्ठू, यह क्या है?" एक ऊँची बहुमंज़िली इमारत को देखकर अमरसिंह ने पूछा।

"यह सेक्रेटरिएट है उस्ताद!"

"क्या?"

"बड़ा सरकारी दफ़्तर।" थोड़ा सिर झुकाकर अपनी काली ऐनक में से शरारत भरी नज़र अमरसिंह पर डालते हुए मिट्ठू ने ऐसी आवाज़ में कहा कि अमरसिंह लज्जित-सा हो गया। (उसे वह बिल्कुल मूढ़ समझता जिसे आज की दुनिया का कुछ अता-पता न था।)

फिर अमरसिंह ने मिट्ठू से कुछ नहीं पूछा। असमंजस में इस अद्भुत संसार को देखता रहा।

जहाँ मिट्ठू ने स्कूटर रोका वहाँ से दूर-दूर तक पानी-ही-पानी दिखाई दिया। वह बड़ी हैरानी से इधर-उधर देखता रहा। जब तक मिट्ठू स्कूटर को खड़ा करके वापस आया तब तक वह समझ चुका था कि यह कौन-सी जगह है। वह सुल्तान अकबर के मुँह से कितनी बार इस झील की प्रशंसा सुन चुका था।

पानी के साथ-साथ दूर तक गोलाकार बाँध पर चौड़ी साफ़ सड़क थी, और दूसरे किनारे पर—पहाड़ियों के बीचोंबीच छिपते सूरज की लाली से सुनहरे रंग में रंगा पानी एक सुन्दर दृश्य प्रस्तुत कर रहा था। अमरसिंह झील के उस तट पर मिट्ठू के साथ चलते पानी में तैरती बत्तखों जैसी दो किश्तियाँ देख रहा था। उसके लिए वह मनमोहक दृश्य था जिसे देखकर उसके होठों पर मुस्कान खिल उठी। परन्तु दूसरी ओर कुछ लड़के-लड़कियों की खरमस्ती देखकर थोड़ी हैरानी हुई। वे सरेआम एक-दूसरे को आलिंगन में लिये हुए थे। एक रंगीन ऐनक लगाये लड़की के चुस्त तथा भड़कीले कपड़े देखकर उसकी नज़रें दूर तक उसका पीछा करती रहीं। वह बड़े अजीब ढंग से अँग्रेज़ी बोलते कभी अपने साथ खड़ी लड़की के कन्धे पर झुक

जाती, तो कभी दूसरी ओर खड़े जवान लड़के की बाँह पकड़कर उसके ऊपर गिर जाती।

"बस इतने से हैरान हो गये उस्ताद जी!" मिट्ठू ने हँसकर कहा।

"नहीं यार!" अपनी भावनाएँ छुपाते हुए अमरसिंह ने हँसकर कहा, "मैं तो यह देख रहा था कि यह क्या बला है—लड़की है या लड़का, या फिर हीजड़ा!"

"यहाँ बहुत कुछ है उस्ताद जी। यही तो दिखाने लाया हूँ तुम्हें, उस दुकान के बिल से बाहर निकलकर ताकि पता चले कि दुनिया कहाँ-से-कहाँ पहुँच गयी है।"

अमरसिंह को न तो मिट्ठू की पूरी बात समझ में आ रही थी, और न चौड़ी सड़क पर घूमते दौड़ते लोगों की। उसे कई बार शक हुआ कि मिट्ठू मनगढ़न्त कहानियाँ सुना रहा था। इसलिए कई बार मिट्ठू को शक की नज़रों से भी देखा। किन्तु उसका बातें करने का लहजा कुछ ऐसा था कि अमरसिंह को अपना शक निर्मूल लगने लगता। सोचता—क्या यह सब सम्भव है?...हो भी सकता है। फिर मन न मानता कि इस शहर के इज़्ज़तदार रईस लोगों की बहू-बेटियों को टैक्सी ड्राइवर बड़े होटलों में ले जाएँ, स्त्रियों से व्यभिचार करें और केवल औरत, शराब, सिगरेट जैसी वस्तु ही इस युग का 'धर्मकर्म' बन जाए। यह तो वही बात हुई जो नाना जी बताया करते थे—सर्म, धर्म दोये छप्प खलोते, कूड़ फिरे परधान वे लालो! ...क्या गुरुओं के ज़माने में भी ऐसा नहीं था।

"इसमें हैरानी की क्या बात है उस्ताद जी!" मिट्ठू उसे आश्चर्यचकित देखकर एक ही बात दोहराये जा रहा था, "बात बस इतनी-सी है कि आपने दुनिया नहीं देखी। यह दुनिया तो बहुत आगे निकल गयी है। अब रॉकेट का युग है। बैलगाड़ियों का नहीं—समझे उस्ताद जी!"

और अमरसिंह सरल स्वभाव से बच्चों की तरह पहले मिट्ठू के चेहरे की ओर ताकता, फिर मुस्कराकर शरम से सिर झुका लेता, जैसे उसे आगे बढ़ रही दुनिया के बारे में सचमुच कुछ पता नहीं था। वह तो गँवार, बुद्धू था—और क्या।

सूरज की रोशनी मद्धम पड़ गयी तो अँधेरा और गहरा हो गया। सड़क के साथ मरकरी ट्यूबें जलने लगीं। यह दूर से अधिक चमकदार दिखाई देतीं और उनकी परछाईं पानी में देखकर अमरसिंह का मन जैसे मचलने लगा।

अभी गर्मी अधिक नहीं थी। सड़क की बायीं ओर पसरी झील में या इधर-उधर से उठती भीनी-भीनी खुशबू उसे बहुत मनमोहक लगने लगी थी।

"कुछ देर बैठ जाएँ यहीं घास पर?" बड़ी तीव्र इच्छा से उसने मिट्ठू से कहा।

"परन्तु वहाँ कोई अपना इन्तज़ार कर रहा होगा उस्ताद जी!" मिट्ठू ने रहस्यमय ढंग से मुस्कराते हुए बायीं आँख दबाते कहा। परन्तु अमरसिंह कुछ भी समझ न पाया। वह चुपचाप पानी पर की परछाइयों को देखता, घास की भीनी-भीनी महक से मुग्ध, जैसे सभी कुछ भूल चुका था।

जाने कब और कहाँ से वह लौटकर आये और कब स्कूटर तक आ पहुँचे। यहाँ आकर अमरसिंह को अपनी टाँगें शिथिल होती महसूस हुईं, और वह दोनों हाथ मिट्ठू के कन्धे पर रखकर पीछे बैठ गया। मिट्ठू ने स्कूटर को इतना तेज़ दौड़ाया कि अमरसिंह को पीछे छूटती हुई घरों और सड़कों की बत्तियाँ जुगनुओं-सी टिमटिमाती प्रतीत हुईं। फिर कुछ ही पलों में उसने स्कूटर एक अँधेरी सड़क पर डाल दिया। कई आड़े-टेढ़े मोड़ों से गुज़रते उसने स्कूटर एक ऐसी जगह पर ला खड़ा किया जहाँ आसपास बहुत कम बत्तियाँ जल रही थीं।

"यह अपना बँगला है उस्ताद जी!...एकान्त और शान्त।" स्कूटर बन्द करते हुए मिट्ठू धीरे-धीरे कहता रहा। परन्तु अमरसिंह को 'अपना बँगला' के सिवाय कुछ भी सुनाई न दिया।

यह एक भव्य कोठी थी, कई कमरों की। बाहर-भीतर रंग-बिरंगी बत्तियाँ जल रही थीं। अमरसिंह आश्चर्यचकित-सा देखता रह गया। और मिट्ठू ने आगे बढ़कर बरामदे में लगी कालबेल की स्विच दबा दी। केवल आधा मिनट के बाद एक गोरी-सी लड़की ने दरवाज़ा खोला और मुस्कराते हुए सुरीली आवाज़ में कहा, "ओ अंकल आप! अन्दर आ जाएँ।"

और लड़की अन्दर दौड़ गयी। मिट्ठू ने हाथ के इशारे से अमरसिंह को अपने पीछे आने को कहा। जब वह कमरे के अन्दर पहुँचा तो अमरसिंह जैसे सिल-पत्थर ही हो गया। मन में न जाने क्या उतार-चढ़ाव आये कि एक शब्द भी नहीं बोल पाया। पूछना चाह रहा था, परन्तु ज़बान जैसे काठ की हो गयी। कमरे की सजधज किसी महल से कम न थी। कीमती कालीन, सोफ़ासेट, तस्वीरें, मद्धिम रोशनी, भारी परदे, विदेशी तथा भारतीय चित्रकारों की अजीबोग़रीब कलाकृतियाँ। अमरसिंह का मन जैसे किसी अज्ञात भय से सिकुड़कर रह गया। परन्तु मिट्ठू इस प्रकार जाकर सोफ़े पर फैल गया जैसे वह घर उसके बाप का हो। अमरसिंह दहलीज़ पार करके एक पल तो इधर-उधर देखता ही रह गया और फिर दायीं ओर की दीवार के बीचोंबीच लटकते रेशमी परदे की ओर देखने लगा।

"बैठिए उस्ताद जी!" मिट्ठू लापरवाही से बोला, "आपका अपना घर है। आप तो ऐसे देख रहे हैं जैसे हम जंगल में भटक गये हों।"

अमरसिंह सहमा-सा आगे बढ़ा और मिट्ठू के दायीं ओर के सोफ़े पर बैठ गया। परन्तु उनकी नज़र अभी तक दायीं ओर के परदे पर गड़ी थी। और क्षण-भर बाद ही दरवाज़े का परदा लहराता महसूस हुआ। और फिर...एक परी मुस्कराती, फूल बिखेरती कालीन पर ऐसे बढ़ी आ रही दिखी जैसे बादलों पर चल रही हो। सफ़ेद दूधिया साड़ी, जाने रेशमी थी या कीमखाब की। वैसा ही उसका रंग था, साड़ी-सा सफ़ेद। बिना बाजुओं का ब्लाउज़ और पैरों में...पैरों तक अमरसिंह की नज़र नहीं जा पायी थी कि वह उसके पास आ खड़ी हुई।

"नमस्कार मैडम!" मिट्ठू ने उठकर हाथ जोड़ते, मुस्कराते उसका अभिवादन किया और जब तक वह नहीं बैठी, वह खड़ा ही रहा।

अमरसिंह बौखलाया-सा उठ खड़ा हुआ, परन्तु हाथ जोड़ना ही भूल गया। जब तक वह 'परी' उसके सामने कुर्सी पर नहीं बैठी वह भी खड़ा उसे देखता रहा। फिर बैठते समय उसने दोनों हाथ जोड़ लिये। परी ने एक भरपूर नज़र से उसे सिर से पाँव तक निहारा। उसकी चमकीली तेज़ तथा मुस्कराती नज़रों से अमरसिंह के जिस्म में जैसे बिजली की लहर दौड़ती महसूस हुई और उसने सिर झुका लिया।

"और बताइए क्या हाल है? सब ठीक है न!" उस परी-रूप स्त्री ने मिट्ठू से मधुर आवाज़ में पूछा तो अमरसिंह ने भी उससे नज़रें मिलायीं, परन्तु फिर सिर को झुका लिया।

इसके बाद कितनी ही देर तक मिट्ठू और वह इधर-उधर की बातों में लगे रहे। जब वह बोलती तो उसका हर शब्द अमरसिंह को स्पष्ट सुनाई देता तो उसके कानों में मीठी-मीठी-सी ख़लिश होने लगती। जितनी देर वह बोलती रही वह बिना वजह बायीं ओर एक तस्वीर को देखता रहा। इस तस्वीर में पहाड़ की तलहटी में बहती एक निर्मल जल की कूल दिखाई गयी थी, शीशे-जैसे स्वच्छ पानी में से कूल के तल में पड़े छोटे-छोटे गोल तथा रंग-बिरंगे पत्थर इतने स्पष्ट दिखाई दे रहे थे कि उनके वहाँ होने का भ्रम हो रहा था। पानी की लहरें कुछ इस तरह से दिखाई गयी थीं कि इसमें पैदा हो रहा मधुर संगीतमयी स्वर भी सुनाई दे रहा था। कूल और पिछली ओर बड़े कटोरे की शक्ल में आकाश को चूमते कई वृक्ष झूम रहे थे। उनमें बहती, अठखेलियाँ करती हवा की सरसराहट वह सुन सकता था...और धीरे-धीरे अमरसिंह को यह प्रतीत होने लगा जैसे तस्वीर उस परी की आवाज़ को स्वर देने के लिए बनायी गयी थी। जब वह बोलती तो उसे इस तस्वीर में तरंगित होनेवाली कोई ध्वनि-सी सुनाई देती। पानी की लहरें भी गुनगुनाती लगतीं।

मिट्ठू बड़ी शिष्टता से मधुर आवाज़ में बातें कर रहा था। उसके चेहरे पर इतनी गम्भीरता और ऐसी सादगी अमरसिंह ने पहली बार महसूस की थी।

"अच्छा तो मैं चाय लाती हूँ।" कुछ देर बाद स्त्री ने कहा और अपने नाज़ुक अंगों को बड़े ध्यान से समेटते उठ खड़ी हुई। मिट्ठू उसे शिष्टाचार के तौर पर मना करने में असमर्थ रहा।

उस परदे के पीछे गुम हो रही परी की पीठ पर अमरसिंह ने एक भरपूर निगाह डाली और उसका निराकार स्वरूप फिर साकार हुआ देख, उसके बदन में एक बार फिर बिजली की एक लहर के झटके का अहसास हुआ।

"क्यों मास्टर!" मिट्ठू ने एक आँख दबाकर, अमरसिंह की ओर देखते धीमी आवाज़ में कहा।

"क्या कहा?" अमरसिंह कुछ क्षण हैरानी से ऐसे देखता रहा जैसे कुछ समझ न पाया हो।

मिट्ठू मुस्करा दिया।

उस समय अमरसिंह को लगा जैसे उसे कुछ भी होश न था कि वह कहाँ बैठा किससे बातें कर रहा है। आँखों के आगे अँधेरा छाने लगा और मन बुरी तरह विचलित हुआ लगा।

"अब मैं चलूँ। और अधिक बैठ नहीं पाऊँगा, मेरा मन कुछ अच्छा नहीं।" सिर झुकाये उसने धीमे स्वर में कहा और उठकर खड़ा हो गया।

"यह क्या बात हुई मास्टर!"

"बस मुझे जाने दो।"

"अच्छा तो चाय पीकर चलते हैं। दो मिनट और।"

"नहीं।" दृढ़ आवाज़ में अमरसिंह ने कहा, "बस अब और नहीं बैठ पाऊँगा।"

"यह तो बहुत अजीब बात है यार! यहाँ तो मन ख़ुशी से उछलना चाहिए।"

परन्तु अमरसिंह उसकी बात सुने बिना बाहर चला आया। दबे पाँव मिट्ठू उसके पीछे आते हुए धीमी आवाज़ में कुछ घबराया-सा बोला, "अजीब आदमी हो उस्ताद! वह क्या सोचेगी कि कैसे आदमी हैं।"

परन्तु अमरसिंह ने उसकी बात का उत्तर न दिया, न पीछे मुड़कर देखा, सीधा सड़क पर आ गया।

"अच्छा एक मिनट तो रुको। मैं किसी बहाने माफ़ी तो माँग लूँ...नहीं तो वह बुरा मान जाएगी।"

परन्तु वह फिर भी नहीं रुक पाया। उसके पीछे आ रहा मिट्ठू, उसे तेज़ क़दमों से जाते देख पीछे लौट गया।

दूर तक फैलती सड़क के दोनों ओर, कुछ पुराने भारी आम के पेड़ अभी काटे नहीं गये थे। (इधर अधिक मकान अभी नहीं बने थे।) इन्हीं पेड़ों के आकार उसे ऊँचे पहाड़ी टीलों से लगे। आकाश में दूर-दूर तक टिमटिमाते तारों में कुछ ऐसी शक्लें दिखाई देने लगीं जैसी अभी देखकर आया था। सफ़ेद स्वच्छ साड़ीवाली स्त्री और स्त्री रंगों की सामने टँगी तस्वीर, जिसमें साड़ी की तरह ही लहराती स्वच्छ कूल, और ऊपर उड़ता हुआ एक सफ़ेद परोंवाला पक्षी, जो जाने कहाँ से चला आया था। उसे आकाश भी अब सफ़ेद दिखाई देने लगा था।

पाँच

पहले चिट्ठी सप्ताह में एक बार अवश्य आ जाया करती, फिर दस-बारह दिन बाद और फिर धीरे-धीरे बीस-पच्चीस दिन बाद, या महीने में एक बार आने लगी। शुरू में पत्र बहुत लम्बे हुआ करते, सीधे-सादे से—अमरसिंह के स्वभाव-जैसे। फिर वे संक्षिप्त, जटिल तथा अटपटे-से होने लगे। कभी-कभी कोई पत्र ऐसा भी होता :

सोनी जी! बहुत काम है। आ सका तो इसी महीने आ जाऊँगा, नहीं तो देखा जाएगा। यह सब तो रब्ब के बस की बात है, आदमी कुछ नहीं कर सकता। ऊपरवाले ने जहाँ का दाना-पानी लिखा है वहाँ चुगना ही पड़ेगा। आँखें दुख रही थीं। अब कुछ ठीक हैं। और सब राजी-ख़ुशी समझो। बच्चों का ध्यान रखा करो। किसी चीज़ की ज़रूरत हो तो लिख देना। यहाँ विदेशी चीज़ें भी मिल जाती हैं। बहुत अच्छी होती हैं। हाँ, थोड़ी महँगी होती हैं परन्तु पैसे की चिन्ता नहीं, यहाँ बहुत कमाई है। चिट्ठी का उत्तर जल्दी देना। बच्चों को मेरा प्यार।

तुम्हारा अपना,
अमरसिंह अनभोल

जब ऐसी पहली चिट्ठी पढ़ी तो वह समझ नहीं पायी। कभी उसका मन बहुत उदास हो जाता तो कभी फिजूल-सी बातों पर हँसी आने लगती। यह अपने नाम के साथ जो उपनाम, 'अनभोल' वह लिखने लगा था, इसका अर्थ तो अब तक कभी समझी नहीं थी। पहले कुछ महीने जो पत्र निरन्तर आते रहे उनमें एक बात बार-बार लिखी रहती थी कि वह कोई अच्छा-सा मकान ढूँढ़ रहा है। मिल गया तो सोनी और बच्चों को वहाँ ले जाएगा। सोनी को कभी-कभी इस बात का चाव-सा होने

लगता और सोचने लगती कि वह नया शहर कैसा होगा। कैसे लोग होंगे, इस छोटे से कस्बे (मण्डी) जैसी हालत तो नहीं होगी। जहाँ अच्छा घर हो तो भी आस-पड़ोस के घरों से रेत मिट्टी उड़कर आँगन में बिखर जाती है। औरतें छोटे बच्चों को ऐसे ही बिना किसी कारण झिड़की देने, पीटने लगती हैं। कितनी रात गये बच्चों के रोने की आवाज़ें बेचैन किये रहती हैं। इस माहौल से तो छुटकारा मिलेगा न!

परन्तु कुछ समय बाद घर ढूँढ़नेवाली बात पत्रों से ग़ायब होने लगी। साथ ही सोनी को सन्तोष होने लगा कि अब इसी घर में रहना होगा। फिर सोचती, वह जाकर क्या करेगी। यहाँ तो लोगों के साथ अच्छे सम्बन्ध हैं। दुख-सुख में साथ देते हैं। बड़े शहर में तो जाने कैसी बनेगी। वहाँ तो निचली मंज़िल में रहनेवालों को ऊपरवाले परिवार के बारे में पता ही नहीं होता कि कौन है। कभी-कभी तो ख़्याल आता कि उसका पति रोटी कहाँ से और कैसी खाता होगा। स्वयं ही हँस देती। सोचती यहाँ कौन-सी चौके में बैठकर तवे से उतर रही गर्म रोटी खाता था। वह लिख भी रहा था कि वहाँ महीने के चालीस-पचास रुपये में बहुत अच्छी रोटी मिल जाती थी। फिर लिखा—"अब तो नौकर भी रख लिया है। घर में अच्छी रोटी, दाल, सब्ज़ी बना देता है। कोई तकलीफ़ नहीं है। कोई भी चिन्ता मत करना। सब ठीक है।"

और फिर यह बात एक बरस के भीतर ही निपट गयी। परन्तु सोनी के मन की बेचैनी आये दिन बढ़ती ही गयी। पहले अपने पत्रों की भाँति अमरसिंह महीने-दो महीने में एक बार एक-दो दिन के लिए जाया करता। अब तीन-चार महीने में मुश्किल से आ पाता। इस बार तो छह महीने बीत चुके थे। पत्र आता तो उसमें एक ही बात होती कि काम इतना है कि सिर खुजलाने की भी फुरसत नहीं। बार-बार यही एक वाक्य पढ़ते सोनी का मन खीझने लगा था। और अब तो ऐसे पत्र को बिना पढ़े ही सरसरी नज़र देख एक ओर रख देती।

घर ऐसे मुहल्ले में, गाँव-जैसे इलाक़े में था कि इधर अभी तक वे घटनाएँ नहीं घटी थीं। आस-पड़ोस में परचून-फरोशों, दर्ज़ियों तथा मोचियों के घर थे। इन लोगों के परिवार से सोनी का मेलजोल अच्छा था। इसलिए गुज़र-बसर अच्छी हो रही थी। अपने नरम स्वभाव के कारण ही उसने किसी को नाराज़ न होने दिया था। यदि किसी को मुश्किल हालत में पैसे की ज़रूरत होती तो वह पैसे उधार भी दे दिया करती। कई लोग इकरार के अनुसार पैसा लौटा भी न पाते तो उन्हें वह बार-बार कहकर दुखी भी न करती। इस कारण भी गली-मोहल्ला उसका अधिक ध्यान रखता। कुछ बूढ़ी स्त्रियाँ और पुराने विचार की औरतें तो उसका आदर इसलिए भी करतीं कि वह वैद्य बाबा की बहू थी। (वैद्य बाबा का कभी इस छोटे से शहर में बहुत आदर था और आम लोग उनसे पूछकर फैसले करते थे।) ऐसे भी घरों के बीच घर होने के कारण कोई डर नहीं था। बाज़ार से कोई चीज़ मँगवाने और घर का छोटा-मोटा काम करने के लिए सोनी अपने मायके से चौदह-पन्द्रह साल

के भतीजे 'माखी' को ले आयी थी। दो-चार दिन बाद प्रीतू भी चक्कर लगा जाया करता। (वह यहीं किसी के पास काम करने लगा था।) इसी कारण सोनी ने पिछले दो-अढ़ाई साल अच्छे बिता लिये थे।

उसकी शादी हुए पाँच बरस बीत चुके थे। परन्तु कभी-कभी ऐसा लगता कि उसे ब्याहे पाँच साल नहीं, पचास साल हो चुके थे। यह सोचते बहुत अजीब लगता और वह मुस्करा देती। (परन्तु, जब अमरसिंह को घर आये कई महीने बीत गये तो ऐसी बात की कल्पना करके भी हँसी न आ पाती। ऐसे समय में उसके पत्र की प्रतीक्षा बहुत बेसब्री से करने लगती। परन्तु पत्र न आता इन दिनों कुछ ऐसी ही दशा थी।)

फिर अचानक पत्र आ गया। एक ही छोटा-सा वाक्य लिखा था—'मैं इसी शनिवार को आ रहा हूँ।' न उसका नाम न प्यारी दुलारी जैसा कोई शब्द। और न ही बेटियों के बारे में कुछ लिखा था। सोनी का मन बहुत उदास हुआ और वे तीन दिन, तीन सालों की तरह बीते; परन्तु समय को बीतना होता है, बीत जाता है।

शनिवार की शाम को उसने माखी से बैंगन मँगवाकर अमरसिंह के लिए भरता बनाया और नमकीन चावल भी बनाये, मटर डालकर। (जब वह यहाँ था तो सप्ताह में एक बार यह दो 'छत्तीस पदार्थ' उससे सिफ़ारिश करके बनवा लिया करता।) सभी रसोई का काम निपटाकर उसने अच्छी तरह नहा-धोकर वही गुलाबी रंग का बड़े फूलों के प्रिण्टवाला सूट पहना जो अमरसिंह को अच्छा लगता था। बाल सँवारकर चोटी बनायी, जिसे वह 'सपिनी की तरह लहराती' कहा करता था। छोटी बेटी माना को दूध पिलाकर लोरी देने लगी तो वह सो गयी। परन्तु बड़ी साढ़े तीन बरस की 'सयानी' थी। वह पापा के आने की ख़ुशी में गीत गाने लगी, बार-बार कहने पर भी नहीं सोयी। वह तो कितनी देर से सोनी को नहाते, सजते, सँवरते देखती रही थी। उसके साथ ही भीतर-बाहर आती-जाती रही थी। फिर बेचैन-सी होकर सोनी ने जब एक बार गली का दरवाज़ा खोलकर बाहर देखा तो अम्बी को जैसे जागने का बहाना मिल गया। पल भर रुककर 'पापा को देखूँ', कहती किवाड़ के पास चली जाती और 'अभी नहीं आये' कहकर लौट आती। कमरे में आकर अपनी माँ के पलँग पर लेटकर कभी अगूँठा मुँह में डाले चूसने लगती तो कभी जो जी में आता, गुनगुनाने लगती।

"पापा आएँगे तो कहूँगी क्यों जाते हैं इतनी दूर? हमारे साथ क्यों नहीं रहते? अम्मी बताओ न!"

"चुप हो जा। पापा को ऐसा नहीं बोलते।" सोनी उसे कई बार झिड़की दे चुकी थी, परन्तु अम्बी चुप नहीं रह पायी। कई बार तो उलटे माँ को ही डाँट दिया।

"भला और कैसे बोलूँ? क्या कहूँ? मुझे तो और किसी तरह बोलना नहीं आता, कैसे बोलूँ?"

जैसे-जैसे रात का अँधेरा बढ़ने लगा, उसी तरह सोनी की बेचैनी, खीझ बनकर बढ़ती गयी। अम्बी को सुलाने के सभी यत्न किये परन्तु वह नहीं सोयी। घड़ी की ओर देखा तो लगा कि अब तो आख़िरी बस का समय भी निकल गया है। सर्दियों की अँधेरी रात की साँय-साँय बढ़ने लगी। जब अम्बी तब भी नहीं सोयी तो जाने सोनी के मन में क्या आया कि उसने उसे एक ज़ोर का थप्पड़ लगा दिया। थप्पड़ लगते ही अम्बी ने आसमान सिर पर उठा लिया। सोनी घबरा गयी। उसे गोद में लेकर बहुत बहलाया (उसकी कमीज़-सलवार में सिलवटें भी पड़ गयीं) परन्तु अम्बी का रोना नहीं थम पाया।

"अरे सोनी बहन क्या हुआ इसे, ऐसे क्यूँ चिल्ला रही है?" बाहर गली में राधो पण्डिताइन ने आकर किवाड़ खटखटाये तो सोनी ने बिना किवाड़ खोले कोई बहाना करके उसे लौटा दिया।

उसे लगा कि यह गुलाबी कमीज़-सलवार पहनकर वह किसी और के सामने कैसे जा पाए, यह तो पहनी ही उसके लिए थी।

कितनी देर बाद अम्बी हिटकोरे भरते, मुँह में अँगूठा लेकर सो गयी। (दूसरे कमरे में माखी भी इन्तज़ार करते-करते सो गया था।) दोनों बेटियों को सोते देख उसके मन का जैसे बोझ तो हल्का हो गया, परन्तु बेचैनी दूर नहीं हुई। दोनों बच्चियों को पलँग पर लिटाकर उन्हें कम्बल ओढ़ा दिया और स्वयं दूसरे पलँग पर लिहाफ सिरहाने रखकर लेट गयी। जब उसने छत्त और दीवारों पर बार-बार नज़र दौड़ायी तो उसे लगा जैसे अपने घर में नहीं किसी अँधेरे जंगल में भटक गयी हो। पलँग के सिरहाने लगी दीवार में हरे रंग की बत्ती, जो उसने लेटते समय ही जला दी थी, उसकी रोशनी में चारों ओर उगी लम्बी हरी घास दिखाई देने लगी। खिड़कियों पर हल्के नीले रंग के भारी परदे, कोने में मेज़ पर रखा भारी फूलदान, जिसमें उसके पति ने सरकण्डे सुखाकर, करीने से सजाये थे, जिस पर से अनेक सफ़ेद रूई जैसे फाहे आधे से अधिक झड़ चुके थे; पहले तो कम, पर अब कुछ महीनों में बहुत अधिक झड़ गये थे, जो अमरसिंह के पत्रों की तरह ही कुछ बुरे लगने लगे थे, परन्तु सोनी ने उन्हें बाहर नहीं फेंका, जैसे थे, वैसे ही रहने दिये। सामने दीवार में खुली अलमारी के खानों में रखे बच्चों के कितने ही खिलौने (जिसमें एक काला भालू बहुत डरावना लगता था), नीचे के ख़ाने में पुरानी किताबें, दीवारों पर कितनी ही छोटी-बड़ी तस्वीरें, जो उसके पति ने अपने दोस्त मित्रों के साथ और कुछ स्कूल में पढ़ते समय खिंचवायी थीं; इसके साथ उसके बनाये कुछ बेढब-से चित्र और शादी के पहले दिनों में बनाया सोनी का अपना चित्र—सभी पर घास की-सी हरियाली दिखाई दे रही थी, जिसके कारण मन की दशा ऐसी हो रही थी, जैसे नशा पी रखा हो।

फिर चारों दीवारों को निहारते कुछ ऐसा लगा जैसे उसका दम घुट रहा हो। उसी समय वह जल्दी से उठी और कमरे की चार-पाँच बत्तियाँ जला दीं। इससे रोशनी की बाढ़-सी आ गयी तो साँस ठीक से आने लगी। तभी अलमारी में रखे टाइमपीस की ओर देखा तो समझ नहीं पायी कि रात के बारह बजे थे एक, या दो। कुछ क्षण नज़र घड़ी के डायल पर टिकाये रखी, तो सुइयाँ धीरे-धीरे नज़रों से ओझल होने लगीं। इतनी तेज़ रोशनी में भी अब कुछ दिखाई नहीं पड़ रहा था कि ठीक-ठीक क्या समय हुआ था। मन बहुत बेचैन था। जैसे अन्दर से कोई गुबार उठ रहा हो। जब लेट नहीं पायी तो उठकर आँगन में चली गयी। चाँद आकाश के शिखर पर आ गया था। उधर देखते-देखते उसे पाँच साल पहले की वही रात याद हो आयी जिस रात लोक-लाज भूल पैर बरबस थिरकने लगे थे। मन जैसे उस याद से मचल उठा। इतनी ठण्डी खिली हुई चाँदनी रात, शायद बरसों बाद (या शायद एक जनम के बाद) देखी थी। अब भी पाँव थिरकने को हुए। कन्धे बाजू उँगलियों तथा छातियों में सिहरन महसूस हुई। कुछ क्षण वह रुकी, 'अधूरे' चाँद की ओर चकोरी की भाँति नज़रें गड़ाये देखती रही।

कुछ देर बाद इतनी खिली चाँदनी का रंग धीरे-धीरे हरा किन्तु कुछ सूखी-सी घास जैसा दिखाई देने लगा। तभी इतनी ठण्ड लगी कि बदन काँपने लगा। उसी समय दोनों बाँहें छाती पर भींचकर भीतर चली आयी। सिरहाने पर रखी रज़ाई लेटते ही ऊपर ओढ़ ली, परन्तु कितनी देर तक कँपकँपी थम नहीं पायी। जब ठण्ड कुछ कम हुई तो रज़ाई से ढाँपा चेहरा बाहर निकालकर चारों ओर ऐसे देखने लगी जैसे किसी अनजान जगह लेटी हो। फिर सारे अंग इतने बेजान से लगे कि, जब गर्दन बायीं ओर झुकायी तो वह वहीं की वहीं झुकी रही। सामने दीवार पर काले धब्बे दिखाई दिये और वहीं जैसे काँपने लगे तो आँखें मूँद लीं। कुछ क्षण बाद लगा कि आँखों से चिनगारियों की-सी कुछ बूँदें टपक गयीं।

ठण्डक अधिक बढ़ने लगी थी। आँगन की ओर से कभी किसी झींगुर की तेज़ आवाज़ सुनाई देती, जब रुक जाती तो भयभीत करनेवाला सन्नाटा फैलने लगता।

...फिर जाने कब, लगा गली में कोई धीरे-धीरे, बन्द किवाड़ो की ओर बढ़ रहा हो। वह घबराहट में उठकर बैठ गयी। तभी लगा जैसे कोई किवाड़ों के पास आकर रुक गया हो। उसके बाद कोई दस्तक नहीं सुनाई दी तो छाती की धड़कन बढ़ने लगी और छाती में कुछ दर्द महसूस हुआ तो दोनों हाथों से छातियों को दबाने लगी। किवाड़ों की ओर कान लगाये किसी आवाज़ का इन्तज़ार करने लगी तो कानों की साँय-साँय इतनी बढ़ी कि यदि किसी ने किवाड़ों पर थपक भी दी होती तो भी सुनाई नहीं देती।

...छाती की धड़कन जब कम हुई तो लगा जैसे कोई एक ही किवाड़ को उँगलियों से ठकठका रहा हो। एक बार फिर दिल की धड़कन तेज़ हुई और आँखों

के सामने अँधेरा छाने लगा। उँगलियों के ठापने की आवाज़ पहचान ली तो आँखों से चिनगारियों-से आँसू फिर बहने लगे। यह पाँचवीं बार था कि अमरसिंह का एक मित्र गुरकीर्त इतनी रात गये आया था। अमरसिंह यहाँ होता तो वह सप्ताह में एक-दो बार आया करता था। तब सोनी की ओर जैसी नज़रों से देखा करता उसे कभी बुरा नहीं लगा था। बहुत सुन्दर युवक था। लम्बा क़द, नीली-सी आँखें। सोनी का मन उसे अपनी ओर देखते जैसे कुछ मचल जाया करता। उसे लगता कि ऐसे आदमी से डर की क्या बात होगी। परन्तु अमरसिंह के राजधानी चले जाने के बाद वह जब भी आया, उसे जाने क्यों अच्छा नहीं लगा। (परन्तु हैरानी की बात तो यह थी कि उसे बुरा भी नहीं लगता था।) पर वह इतनी रात गये ही क्यों आया करता है? इस बात को समझते हुए भी वह न समझ पाती (या समझना ही न चाहती थी शायद।)

किवाड़ पर फिर ठकठक की आवाज़ सुनाई दी। इस बार शायद दोनों हाथों की उँगलियों से वह किवाड़ ठकोरने लगा था।

सोनी की छाती से आग की-सी लपट उठने लगी। यह पिछले दो साल से अधिक उठने लगी थी। ऐसे लगता जैसे यह उसकी कंचन काया को जलाकर राख कर देगी और वह राख का ढेर बन जाएगी; जैसे, बारूद से सभी कुछ राख हो जाता है। यह 'अजब भूख' उसके भीतर जैसे तीखे बड़े नाखूनों से मांस काटने लगती थी, और उसे लगता अब वह इसकी दाह और नहीं सहन कर पाएगी।

फिर किवाड़ों पर कुछ अधिक आहट सुनाई दी। तभी सोनी ने रज़ाई पैरों की ओर फेंक दी और झटके से उठकर खड़ी हो गयी। आँखों की जलन जैसे सारे बदन को जलाने लगी थी और किवाड़ों पर जब फिर आहट हुई तो उसकी आँखों के आगे अन्धकार फैल गया।...फिर सारे अंग शिथिल होने लगे। टाँगें काँपने लगीं। खड़ी नहीं रह पायी तो पलँग पर धड़ाम से गिर पड़ी।

...बस किवाड़ों पर एक मद्धम-सी आहट हुई और उसी समय चारों ओर सघन चुप्पी छाने लगी।

मालूम नहीं रात कितनी अधिक बीत गयी होगी जब सोनी को किवाड़ खटखटाने की आवाज़ फिर सुनाई दी। वह घबरायी-सी उठकर खड़ी हो गयी। चार-पाँच बत्तियों की रोशनी में उसकी आँखें खुल नहीं पायीं। सिर चकराने लगा था।

"सोनी-सोनी! अम्बी! माना!" वह एक-साँस ही बोलते किवाड़ थपथपा रहा था, जैसे उन्हें तोड़ डालेगा।

वह दीवार को टटोलती, काँपती टाँगों से जैसे-तैसे किवाड़ों तक पहुँची और साँकल से ताला निकालकर किवाड़ खोल दिये।

"मैं आवाज़ें लगाता पागल हो गया, पड़ोसी भी जाग गये, तुम जाने कौन-सी गुफा में सो रही थी कि नींद नहीं ख़ुली!" कुछ गुस्सैली आवाज़ से कहते (परन्तु हमेशा की तरह मुस्कराते) अमरसिंह भीतर आया, और स्वयं ही किवाड़ बन्द कर कमरे में आकर बैग एक ओर रखते बोला, "मेरा पत्र नहीं मिला? याद नहीं रहा होगा! कोई बात नहीं। मुझे भी तो आने में देर हो गयी।"

वह पलँग पर बैठते जूते के तस्मे खोलकर उसी तरह "थक गया; आये-हाय!" कहते उसी रज़ाई के ऊपर लेट गया, जहाँ से सोनी उठकर गयी थी।

"इतनी रात गये..." सोनी ने उसके सामने खड़े, मुस्कराने का प्रयत्न करते कहा, परन्तु आगे कुछ नहीं बोल पायी।

"दरअसल, मेरी बस छूट गयी, परन्तु मैंने सोचा जाना तो ज़रूर है। वादा जो किया है! वहाँ पेट्रोल पम्प पर एक टैंकर मिल गया जो इधर आ रहा था। हम वहाँ से रात दस बजे चले और जाने कहाँ-कहाँ रुकते अभी यहाँ पहुँचे हैं। बस पूछो मत जो आज हुई हम ग़रीबों के साथ!..." और वह कुछ स्वाभाविक-सा ठहाका लगाकर हँसने लगा। एक बार बहुत स्नेह से सोनी की ओर देखा, परन्तु उठकर उसके पास नहीं जा पाया; थकान ही इतनी थी।

"ऐसा करो—मुझे रज़ाई ओढ़ा दो और फिर इधर ही बगल में लेट जाना। थोड़ी नींद आ जाए तो थकावट कम हो जाएगी नहीं तो..."

वह जैसे बोलते-बोलते सो गया। सोनी ने धीरे-धीरे रज़ाई उसके नीचे से निकालकर अच्छी तरह उसके ऊपर ओढ़ा दी, और सभी बत्तियाँ बुझाकर बच्चियों के साथ लेट गयी। सूखी तपती आँखें फिर झरने की तरह बहने लगीं। जाने रात कब, कैसे बीती, उसे पता नहीं चल पाया।

कुछ समय बाद आँगन की ओर से रोशनी दिखाई दी। वह उठकर जल्दी से बाहर आ गयी। देखा तो सुबह हो चुकी थी। दूसरे कमरे में जाकर माखी को जगाया और दूध लाने के लिए दुकान पर भेज दिया। अचानक बड़े शीशे पर नज़र पड़ी तो हैरान हुई। लगा जैसे किसी और का चेहरा हो। शीशे के और पास आयी तो साँस ही रुकने लगी। उसकी आँखें इतनी गहरी तथा डरावनी कब थीं? आँखों के नीचे यह काले धब्बे कब थे? और नाक के नीचे होठों के कोने तक दो लकीरों के निशान कब इतने दिखाई देने लगे थे? माथे पर भी ऐसी ही सीधी दो लकीरें कब उभर आयी थीं...और हाथ से टटोले तो कुछ बालों की जड़ें भी सफ़ेद दिखाई दीं।

तभी उसे ऐसा लगा, वह अधिक देर तक खड़ी नहीं रह पाएगी। एक ओर रखी तीन कुर्सियों तक भी पहुँच नहीं पायी। शृंगार-मेज़ का सहारा लेकर वहीं बैठ गयी। शीशा ऊपर होने के कारण अब चेहरा दिखाई नहीं दे रहा था। जी मचलाने

लगा तो घुटनों पर माथा टिकाकर दोनों बाँहों में सिर भींच लिया जैसे सिर फटने लगा हो। पाँवों के बल नहीं बैठ पायी तो दीवार के साथ कन्धा लगाकर एक ओर लुढ़क गयी। माखी के लौट आने तक वहीं बैठी रही। फिर उठकर रसोई की ओर जाने लगी तो सारा बदन तपने लगा, तेज़ बुख़ार हो। कमरे से बाहर आते, एक बार शीशा देखने का मन हुआ, पर नहीं देख पायी।

अमरसिंह बहुत देर तक सोता रहा। वह चाय के लिए पानी को उबालकर, माखी को साथ लेकर उस कमरे की सफ़ाई करने लगी जो अमरसिंह ने केवल अपने लिए ही बनवाया था (जिसे कभी अमर स्टूडियो कहा करता था)। परन्तु दो साल से ऊपर समय बीत चुका था, उसके ब्रश ट्यूबें एक अलमारी में बन्द पड़ी थीं। वहाँ अब एक सोफ़ा, बड़ा दीवान और एक लम्बी मेज़ भी लगी थी। इसकी खिड़कियाँ बाहर गली की ओर थीं। वह जब भी घर आता, परदे हटाकर खिड़कियाँ खोल देता। बाहर की जाली से आते-जाते लोग नज़र आते थे। यदि कोई जान-पहचान का होता तो उसे बुलाकर गप्पें हाँकने लगता और सोनी को चाय लाने के लिए कह देता।

"बुआ जी, तुम छोड़ो। नहा-धो लो, यहाँ सफ़ाई मैं कर दूँगा।" माखी ने कमरे में आकर कहा तो सोनी को जाने कितने काम याद आ गये।

तभी उसने दोनों बेटियों को जगाकर चाय के लिए रखे पानी से उनका मुँह धोकर कपड़े बदल दिये। और पानी गर्म कर स्वयं भी नहाकर रात का पहना गुलाबी सूट उतारकर बहुत सादे से कपड़े पहन लिये। बाल ऐसे ही गुसलखाने में रखी कंघी से सँवार लिये, (शृंगार-मेज़ के सामने नहीं जा पायी)। जब रसोई में चाय के लिए दूसरी बार पानी गर्म करने लगी तो छोटी माना ने जाने कब जाकर 'पापा' को जगा दिया। अमरसिंह उसे साथ लिटाकर मुस्कराते, हँसते जाने उसके साथ क्या बातें करने लगा। परन्तु बड़ी अम्बी, किवाड़ के साथ लगकर खड़ी हो गयी और छुपकर पापा और माना की बातें सुनती रही। उसकी बड़ी-बड़ी आँखों में जाने कैसी हिचक थी कि बिना बुलाये पापा के कमरे में कभी न गयी थी।

"अरे तू भी आ मेरे पास!" उसे अमरसिंह ने देख लिया तो पास बुलाया।

अम्बी मुँह में अँगूठा लिये छोटे-छोटे डग भरती, चलती, रुकती जब पापा के पास पहुँची तो अमरसिंह ने उसे भी उठाकर दूसरी ओर बिठा लिया। जब उससे कुछ बातें करने लगा तो अम्बी केवल सिर हिलाती रह गयी (अँगूठा चूसने के कारण बोल नहीं पायी)।

"अरे तू पागलों की तरह सिर हिलाये जा रही है।" अमरसिंह ने भर्रायी आवाज़ में कहा, "देख, मेरी छोटी माना कैसे बातें कर रही है। कितनी सयानी हो गयी है। अच्छा यह बता, तेरी मम्मी तुझे डाँटती है या प्यार करती है?"

परन्तु अम्बी फिर भी कुछ नहीं बोली।

"बता, कुछ तो बोल!" अमरसिंह उसके सिर पर हाथ रखकर बुलाने का प्रयत्न करता रहा, परन्तु वह कुछ नहीं बोली।

अम्बी को चुप देखकर न जाने उसे क्यों ऐसा ख़्याल आया कि इतनी छोटी-सी उमर में बच्ची की इस हालत के लिए सोनी ही जिम्मेवार थी। परन्तु कुछ क्षण बाद वह सारी बात भूलकर माना से फिर बातें करने लगा। वह राजधानी के कान्वेण्ट स्कूल के बच्चों की नेकटाइयों, स्कर्टों तथा सुन्दर कटे बालों और चमकीले बूटों की तारीफ़ों के पुल बाँधने लगा।

"अब अगले साल तुझे वहीं भरती करवा देंगे।...अम्बी को तो यहीं रहने देंगे। पगली है!" वह छोटी को छाती पर लिटाकर कह रहा था तो सोनी की आवाज़ सुनाई दी।

"उठो अब तो नौ बज गये। चाय का पानी कितनी बार रखकर उतार चुकी हूँ!" वह कहकर आगे बढ़ी तो दोनों बेटियों को उसके साथ लेटी देखकर बोली, "यह यहाँ कब चली आयीं, कलमुही!"

"अरे ऐसे मत बोलो!" अमरसिंह मुस्कराते गुस्सा दिखाते बोला, "इन्हें तो मैं राजधानी के अँग्रेज़ी स्कूल में पढ़ाऊँगा। फिर इन्हें पेरिस, लन्दन, न्यूयार्क भेजूँगा, बड़ी कलाकार बनने के लिए!"

अमरसिंह ने उठकर सिर के बाल सँवारते और जूड़ा बनाते हुए हँसकर कहा, "अम्बी को तो इसी साल अप्रैल में वहाँ दाखिल करवाएँगे। वहाँ छोटे बच्चों का हॉस्टल भी है, मैंने देखा है। फूलों की तरह बच्चे और..."

"अच्छा पहले मुँह-हाथ धोकर चाय पी लो फिर इसे ले जाना पेरिस, लन्दन! मुझे कौन-सी इससे चक्की पिसवानी है।" सोनी मुँह फेरकर लौट गयी तो जाने क्या हुआ कि अम्बी ज़ोर-ज़ोर से हँसने लगी।

"अरे तुझे अब क्या हुआ पगली!" बाल सँवारते अमरसिंह भी हँसने लगा। "चक्की अच्छी लगती है क्या? आज तुझे दिखाएँगे। वह स्टोर में मैंने सँभालकर रखी हुई है। अपने नानाजी की निशानी है। जानती हो नानाजी कौन थे?"

परन्तु अम्बी फिर मुँह में अँगूठा डालकर चुप हो गयी।

फिर जब छोटी को गोद में लेकर वह नंगे पाँव ही रसोई में चाय पीने चला गया तो सोनी उसको सिर से पाँव तक देखते हक्की-बक्की रह गयी। इतना कमज़ोर तो वह कभी न था। चेहरा इतना मुरझा गया था कि आँखें-ही-आँखें दिखने लगी थीं। माथा धूप से काला पड़ गया था। हाथों के पीछे की चमड़ी पर झुर्रियाँ पड़ने लगी थीं। क़द और भी छोटा हो गया लगा और दाढ़ी के बालों में सफ़ेद बाल देखकर वह इतनी घबरायी कि कुछ भी नहीं बोल पायी।

वह चाय का प्याला उठाकर माना को गोदी में लिये अपने कमरे में चला तो

सामने से माखी ने आकर पाँव छूते 'पाँयलागी' कहा तो वह हैरानी से बोला, "अरे तू कहाँ था अब तक, दिखाई नहीं दिया!"

"मैं तो यहीं था फूफाजी, आप ही सो रहे थे!"

"वाह! यह भी अच्छी कही तूने...हाँ मैं ही सो गया था। रात बहुत देर से ...रात क्या, सुबह ही आया तो नींद नहीं खुली।"

और कमरे में जाकर जैसे वह सब-कुछ फिर भूल गया। माना को बाँह पर बिठाये एक हाथ में प्याली लिये, घूँट-घूँट चाय पीते, अपने सालों पहले बनाये चित्रों को एक-एक करके देखते, ऐसे लगा जैसें वह देश का विख्यात चित्रकार हो, परन्तु डच्च चित्रकार वेनगाग की तरह ही उसे कोई पहचान न पाया हो! (उस चित्रकार के चित्रों का एलबम उसने कभी स्कूल की लायब्रेरी में मँगवाया था जिसके आगे वेनगाग की निराश ज़िन्दगी का कुछ ब्यौरा भी था। उसके चित्रों को वह समझ तो नहीं पाया था, परन्तु बहुत बार उसे लगा कि उसके जीवन में कुछ ऐसा था जो वेनगाग के जीवन से मिलता-जुलता था।)

उसी समय सोनी भीतर आयी और माना को उससे लेकर बोली, "बैठकर आराम से चाय पी लो, फिर इन्हें खेलाते रहना!"

अमरसिंह उसके चेहरे की ओर देखकर मुस्कराते हुए बोला, "आज तो बहुत निखर रही हो, क्या बात है!"

और वह बच्ची को उसकी गोद में देते हँसने लगा।

"आपको आज आना था न!" सोनी कुछ व्यंग्य से, परन्तु मन की पीड़ा को छिपाते हुए बोली तो कहकहा लगाकर सोफ़े पर बैठते प्याले से चाय छलक गयी, परन्तु उसने भूरी-सी पैण्ट पर गिरी चाय का कुछ ध्यान नहीं किया।

"अच्छा, मेरे सामने उस पलँग पर बैठ, थोड़ा जी भर के देख तो लूँ!"

वह फिर हँसा तो सोनी की आँखें बरबस छलक गयीं। दूसरी ओर मुँह करके, चुन्नी के पल्लू से पोंछते कुछ क्षण मुँह दूसरी ओर किये खड़ी रही। फिर उसके आदेशानुसार सामने दीवान पर बैठकर मुस्कराने लगी। (यह पल-पल रंग बदलना शायद अपने 'खिलौने' पति से ही सीख पायी थी।)

"अच्छा तो बताओ, काम का क्या हाल है?" सोनी ने पूछा।

"काम! काम का क्या पूछ रही हो। बस काम ही काम... और पैसा ही पैसा! नीले बड़े-बड़े नोट।"

फिर जाने कितनी ही देर वह काम की बातें करता रहा। सोनी सामने बैठी मुस्कराती रही, परन्तु उसकी फ़ीकी मुस्कान का उसे स्वयं भी अहसास होने लगा था। (अमरसिंह काम के नशे में यह भी नहीं देख पाया कि सोनी की मुस्कान पहले-जैसी आकर्षक नहीं थी।) वह बोलता चला जा रहा था। सोनी बिना कुछ समझे सुनती जा रही थी। उसे लगा अमरसिंह के चेहरे की तरह उसके शब्द, वाक्य, आवाज़

सभी कुछ बदल गया था—मुरझाये पीपल के पत्ते की तरह। (जब वह छोटी थी तो पीपल के पत्ते, बहुत नरम छोटे पत्ते, जिन्हें 'पपीसियाँ' कहते हैं, की पीपनी बजाया करती। पपीसियाँ बहुत अच्छी लगती थीं। फिर वह कुछ बड़ी हुई तो जो मुरझाये पत्ते गिरते देखती, वह उन्हें उठाकर घर ले आती, परन्तु कहाँ रख देती, अब याद नहीं था। इतना जानती थी कि यह पत्ते उन्हीं पपीसियों से बने थे, इसीलिए उन्हें उठा लाया करती।)

चाय पीकर अमरसिंह को जैसे कोई भूली बात याद आ गयी हो। उसी समय सोनेवाले कमरे में जाकर बूट पहने और पगड़ी सिर पर रखकर घर से बाहर चला गया। दो-तीन घण्टे बाद जब वापस लौटा तो एक भारी बैग हाथ में, दूसरा कन्धे पर लटकाये, हाँफता अन्दर आया। आते ही दोनों बैग खोले तो उसमें से दुनिया भर का सामान निकला। सोनी के लिए पाँच-सात सूती तथा रेशमी सूट और कई क़िस्म की गर्म शालें थीं। बच्चों के कपड़े तथा खिलौनों का तो जैसे अम्बार ही लग गया था।

"यह सब कहाँ से उठा लाये?" सोनी ने हैरानी से पूछा।

"रात—रात नहीं सुबह घर आते समय यह सब ग्रेवाल पेट्रोल पम्प पर ही छोड़ आया था। अभी याद आया तो उठा लाया। इन बैगों में जो नहीं आ पाया वह कुछ सामान मिट्ठू के पास छोड़ आया हूँ। वह अगली बार लेता आऊँगा। यदि कुछ विदेशी चीज़ें मिल पायीं तो वो भी लेता आऊँगा!" वह हँसते हुए बोलता रहा।

दोनों बेटियाँ तो खिलौनों से खेलने लगीं, जिसमें चाबी से चलनेवाला एक छोटा-सा पिल्ला था। अम्बी उसे उठाकर दूसरे कमरे में ले गयी और चाबी भरकर उसे छोड़ा तो वह मुँह खोलता, बन्द करता और दुम हिलाता चारों टाँगों पर भागने लगा। तभी उसे छोटी माना उठाकर पापा के पास लेकर आयी तो अम्बी पीछे दौड़ती उससे खिलौना छीनने लगी। दोनों लड़ने लगीं। अमरसिंह ने उन्हें कितने ही खिलौने अलग-अलग दे दिये तो वे दोनों ख़ुशी से पिछले कमरे में चली गयीं और माखी उन्हें खेलाने लगा। सोने के कमरे में अब अमरसिंह और सोनी रह गये थे।

"यह देखो तुम्हारे लिए पूरे का पूरा एक डिब्बा भरा है—देखो तो!" अमरसिंह ने एक बहुत सुन्दर कई रंगों के बेलबूटों से छपा, वह छह कोना डिब्बा पकड़ाया तो सोनी ने बिना खोले मेज़ पर रख दिया।

"अरे खोलकर देखो तो इसमें क्या है, सभी चीज़ें इम्पोर्टेड हैं इसमें। अढ़ाई सौ का आया है!"

सोनी ने डिब्बा नहीं खोला तो वह स्वयं खोलकर उसे दिखाने लगा। "देख तो कितने रंगों के नेल पॉलिश और लिपिस्टिक हैं। और यह क्रीम, पाउडर बहुत ख़ुशबूदार हैं...यह छोटा ब्रश पाउडर तो लगा इस 'फूल' से...!"

जब उसने रेशम के बने एक फूल के साथ पाउडर सोनी के बायें गाल पर

लगा दिया तो वह उसी समय चुन्नी के पल्लू से गाल पोंछते हुए बोली, "क्या बच्चों की-सी बातें करते हो, मुझे नहीं चाहिए यह सब-कुछ।"

और वह उठकर खड़ी हुई तो उसकी बाँह पकड़कर अमरसिंह बोला, "वाह! यह क्या बात हुई। तेरे लिए तो यह सब लाया हूँ, और तू ही..."

"यह रखो। मुझे अभी रोटी बनानी है, तुम्हारे कारण किसी ने भी कुछ नहीं खाया।"

"मेरे कारण भला तुम सब क्यों भूखे रह गये भई? तुम्हें तो पता है कि मेरा ऐसी बातों में विश्वास ही नहीं कि पत्नी पति को खिलाकर फिर खाना खाए; और बच्चों को भूखे रखने का भला क्या मतलब। यह तो सब फ़िज़ूल की बातें हैं। पुरानी घिसी-पिटी।"

सोनी कुछ नहीं बोल पायी, चुपचाप रसोई में चली गयी। वह सामान मेज़ पर ठीक से टिकाते हुए जैसे हवा से बातें करने लगा।

"बहुत अजीब बात है–इतनी दूर से इतना बोझ उठाकर लाओ और कोई देखे ही न। पसन्द भी न करे, तो फिर और आदमी क्या लाए! अरे सारे शहर की सबसे बड़ी दुकान से लाया हूँ और यह छूने को तैयार नहीं। कैसी बात हुई यह ...वही हुई कि बकरे की तो जान गयी और खाने वाले को स्वाद ही नहीं आया! और क्या! और क्या यही बात हुई न!"

और ऐसे ही बड़बड़ाता वह रसोई में गया तो मुस्कराते कहा, "कोई रात की बासी-तबासी रोटी पड़ी हो तो दे दो, भूख बहुत लगी है।"

"अभी पाँच मिनट ठहरो नाश्ता बना तो रही हूँ।"

परन्तु उसने प्लास्टिक के डिब्बे में रखी दो रोटियाँ उठायीं और बच्चों की तरह से 'पूनी' बनाकर चबाने लगा। ऐसे ही मुस्कराते हँसते बाहर जाते कहा, "हमारे लिए तो यही पराँठे हैं!...अच्छा मुझे बाज़ार जाना है, देर हो गयी तो इन्तज़ार मत करना। और मुझे आज ही शाम की बस से लौटना भी है। बस नहीं मिली तो एक ट्रकवाले से बात की है उसी के साथ चला जाऊँगा।"

सोनी मुड़कर उसकी ओर नहीं देख पायी। सब्ज़ी बनाते, आटा गूँधते, रोटी पकाते, उसकी आँखों से आँसू नहीं सूख पाये; जैसे कई बरसों का रुका पानी आज ही बरस जाएगा।

छह

लड़के काम में व्यस्त थे। परन्तु अमरसिंह कन्धे की पीड़ा के कारण, दवाई लेकर कुर्सी पर बैठा, सामनेवाली सड़क पर आते-जाते लोगों को देख रहा था। पीड़ा के कारण मन विचलित हो रहा था। वह प्रयास कर रहा था कि किसी तरह दर्द को भूल जाए। तभी उसने देखा बारह-चौदह साल का एक लड़का दुकान की ओर ध्यान से देखते दो चक्कर लगा चुका था। उसका भोला-भाला-सा चेहरा, पुराने कपड़े और मटमैली-सी पगड़ी उसने उसी तरह सिर पर लपेट रखी थी जैसे बचपन में स्वयं अमरसिंह लपेट लिया करता था।

तीसरी बार जब उसने उस लड़के को दायीं ओर जाते देखा तो काम में मग्न मित्तू मियाँ को आवाज़ दी। "मित्तू! वह जो लड़का इधर दायीं ओर गया है, उसे बुलाकर मेरे पास लाना। भागकर जाओ कहीं चला ही न जाए।"

मित्तू अपना ब्रश वहीं रखकर दौड़ गया और आँख झपकते ही उस लड़के की बाँह पकड़कर जैसे चोरों की भाँति खींचता ले आया।

"लो उस्ताद जी!"

अमरसिंह ने देखा, लड़के का चेहरा जैसे किसी भय से मुरझा गया हो।

"क्यों बेटे, इधर क्या देख रहा था?" अमरसिंह ने पूछा।

लड़का कुछ बोल नहीं पाया, फटी-फटी आँखों से कभी उसकी ओर देख लेता तो कभी दुकान में पड़े बोर्डों तथा तस्वीरों की ओर।

"अरे तू बहरा है या गूँगा? बोलता क्यों नहीं?"

लड़के ने आँखें झुका लीं परन्तु बोल नहीं पाया।

"तेरा नाम क्या है रे?"

"शामा!" सिर झुकाये ही उस लड़के ने कहा।

"क्या काम करता है?"

"कुछ नहीं।"

"कुछ नहीं!...किसी स्कूल में भी नहीं पढ़ता?"

उसने फिर आँखें झुका लीं। लड़के की ग्रामीण बोलचाल, संकोचपूर्ण मुद्रा, चेहरे पर भय देख अमरसिंह का मन भर आया। थोड़ा आगे बढ़कर उसका हाथ पकड़ लिया तो वह काँप रहा था।

"अच्छा तो बता कहाँ से आया है?" पूछते हुए अमरसिंह की अपनी आवाज़ भी जैसे काँप रही थी।

"यहीं से...!"

"यहीं से कहाँ से?"

लड़का कुछ नहीं बोला।

"अच्छा रात को कहाँ जाएगा?"

"यहीं..."

"तेरे माँ-बाप कहाँ हैं?"

"गाँव में।"

"गाँव का नाम क्या है?"

"गोलेवाला!"

फिर लड़के ने आँखें उठाकर अमरसिंह की ओर ऐसे ठगी-सी सूरत से देखा जैसे उसने चालाकी से उससे वही भेद जान लिया हो जो वह छुपाने का प्रयत्न कर रहा था।

"अच्छा तो यह बता कोई काम करना जानता है?"

"हाँ। काज भी कर लेता हूँ और तुरपाई भी।"

अमरसिंह ठहाका मारकर हँस दिया। (तभी उसके हाथ से लड़के का हाथ भी छूट गया।)

"अच्छा इतनी देर से सड़क पर घूमते क्या देख रहा था?"

"तस्वीरें!"

"बहुत अच्छी लगती हैं?"

लड़के ने केवल सिर हिलाया और फिर नज़रें झुका लीं।

"यदि तुझे ऐसी तस्वीर बनाना सिखा दें तो हमारे साथ काम करेगा?"

"जी, करूँगा।"

पहली बार उसके मुँह से 'जी' शब्द सुना तो अमरसिंह मुस्कराया फिर हँस दिया।

"चल, आ मेरे साथ!" उसकी बाँह पकड़कर वह उसे दुकान से बाहर ले गया।

फिर मुड़कर सुल्तान अकबर को दुकान ठीक से बन्द करने के लिए समझाया और नज़दीक चौराहे से रिक्शा लेकर शामा को साथ बिठा लिया। धीरे-धीरे बात करते लड़के ने बताया कि उसका बाप शराब बहुत पीता है। शराब पीकर उसके भाई-बहनों और माँ के साथ वह मारपीट भी करता है। जब इतनी पिटाई वह सहन नहीं कर पाया तो घर से भाग आया। उसके साथ गाँव का एक और लड़का भी आया था। कुछ दिन तो वे कई छोटे शहरों में घूमते रहे; अभी तीन-चार दिन पहले ही राजधानी आये थे। एक दिन बाद दूसरा लड़का उसे छोड़कर जाने कहाँ चला गया। दो दिन से वह भूखा-प्यासा ऐसे ही घूमता इधर आ गया था।

"यह दो दिन तू रात को सोया कहाँ?"

लड़का जब कोई उत्तर नहीं दे पाया तो अमरसिंह भी चुप हो गया। पर उसकी मासूमियत और खस्ताहाली को देखकर वह सारी बात समझ गया और उस 'अनाथ' के बारे में सोचते आह निकल गयी। (नानाजी अनाथ लोगों की बहुत कहानियाँ सुनाया करते थे।) फिर उसे अधिक ध्यान से देखा तो लगा कि वह जैसे उसका अपना ही रूप था। पैरों से लम्बी धूलअटी चप्पलें पहन रखी थीं। किसी मटमैले कपड़े का कुरता-पायजामा और सिर पर बेढब-सी लपेटी हुई फीके लाल रंग की पगड़ी। कुरता कुहनियों से फटा हुआ था। सारे कपड़े धूल से भरे होने के कारण अधिक मैले हो गये थे।

घर पहुँचकर पहले उसने गुसलखाने में ले जाकर नहाने को कहा और पुराने कपड़े उतरवाकर मित्तू मियाँ के धुले कपड़े पहना दिये। जब शामा कपड़े पहनकर बाहर आया तो वह पहचान भी नहीं पाया। उसका गोरा सुन्दर चेहरा चाँद-जैसा निखर आया था। शायद कई सप्ताह से धुले न होने के कारण उसके बाल किसी साधू की जटाओं जैसे लग रहे थे। बड़ा कंघा देकर उसे बाल सँवारने को कहा। पहले तो अपनी एक पुरानी पगड़ी उसे बाँधने को दे दी, फिर न जाने मन में क्या आया कि उसे कुर्सी पर बिठाकर पगड़ी स्वयं बाँधने लगा। उसे लगा जैसे आज के दिन का यही समय बहुत अच्छा बीता था। जो कुछ वह इस लड़के के लिए कर रहा था वह सार्थक था। इसी कारण उसे अपने कन्धे की पीड़ा का ध्यान ही नहीं रहा।

कुछ क्षण बाद घर के सामने मोटरसाइकिल की घड़-घड़ सुनाई दी और फिर होठों से सीटी बजाता कुछ गुनगुनाता मिट्ठू अन्दर आया।(उसने सड़कों पर मील-पत्थर लिखने के ठेका के बाद मोटरसाइकिल भी खरीद ली थी।) अमरसिंह के साथ एक अनजान लड़के को देखकर पहले तो हैरान हुआ, फिर लड़के की तरफ़ ऐसे देखने लगा जैसे वह पाँच आँखों वाला कोई जानवर हो, जो धरती पर पहली बार किसी और दुनिया से आ गिरा हो।

"यह नमूना कहाँ से ले आये मास्टर?" मिट्ठू ने बहकी-सी आवाज़ में पूछा।

"यह अपना ही भाई-बन्धु है। हमारी तरह ही, घरवालों की मारपीट के डर से भाग आया है। है भी अपने ही इलाक़े का।"

"अच्छा!" मिट्ठू ने घुटने पर हाथ रखते हुए लड़के को डरावनी-सी नज़रों से देखते कहा, "तब तो अपनी ही बिरादरी का हुआ। पर यार आदमी का पट्ठा तो यह दिखता नहीं, उल्लू का पट्ठा ज़रूर लगता है!"

मिट्ठू ठहाका लगाते हँसता अपने कमरे की ओर चला गया। अमरसिंह को उसकी बात अच्छी नहीं लगी। परन्तु यह तो उसका स्वभाव था। कोई पहली बार तो उसने ऐसा नहीं किया, यही सोच अमरसिंह चुप रहा।

कुछ देर बाद दुकान से मित्तू मियाँ भी आ गया। उसने एक नज़र उस अजनबी लड़के की ओर देखा, और मुस्कराते हुए रसोई में चला गया। रसोई में जाते ही स्टोव जलाकर चाय का पानी रखा मिट्ठू के कमरे में जाते पूछा, "आप चाय पीएँगे उस्ताद जी?"

"साले बन्दर की औलाद! तुझे मालूम नहीं कि शाम को तेरा यह बाप, यानी तेरी पहाड़न माँ का खसम चाय नहीं पीता, फिर पूछने क्यों आता है?"

मित्तू चुपचाप लौट गया। चाय बन गयी तो दो कप भरकर अमरसिंह और लड़के को दे आया। वह लड़का कप को गिलास की तरह ही दोनों हाथों से पकड़कर चाय पीने लगा तो दूर से देख मित्तू मुस्करा दिया।

"चाय में मीठा तो ठीक है न?" अमरसिंह ने शामे से पूछा।

परन्तु शामा उसकी बात नहीं समझ पाया। फटी-फटी नज़रों से उसकी ओर ऐसे देखता रहा जैसे अमरसिंह ने किसी दूसरे से पूछा हो।

"अच्छा तेरा नाम तो मैं भूल गया, क्या नाम है?"

"जी, शामा!"

"नाम तो अच्छा लगता है।"

लड़के ने सिर हिला दिया, बोल नहीं पाया।

"अब तो हमारे पास रहेगा न?"

"हैं जी?"

"अरे अब हमारे पास रहेगा न, इस घर में?"

"हाँ जी!"

"हाँ जी! यह हुई न बात! हम भी तुझे कुछ समय में बहुत बड़ा कलाकार बना देंगे। फिर तू काज बटन सब भूल जाएगा। पास के शहर फरीदकोट में जाकर बड़ी-सी दुकान खोल लेना और ख़ूब मज़े करना। काम तुझे बहुत मिलेगा। हमारा शागिर्द जो होगा। समझा? क्या समझा?"

शामा सचमुंच कुछ समझ नहीं पाया था। वह तो अपने इस 'उस्ताद जी' की

ओर ऐसे देखता चाय के घूँट भर रहा था, जैसे किसी सपनों के 'परी महल' में आ गया हो।

मित्तू मियाँ जब दाल-सब्ज़ी और रोटी लेकर उस्ताद जी के पास आया तो वह बोले, "पहले अपने भाई-बन्द को खिला, मैं थोड़ा ठहरकर खाऊँगा। अभी बाहर घूमने जा रहा हूँ।"

मित्तू ने वही थाली शामे के आगे रख दी। वह पहले आसपास देखने लगा, फिर मित्तू से पूछा, "यह मेरे लिए लाया था?"

"अरे नहीं, लाया तो बड़े उस्ताद जी के लिए था। वह घूमने चले गये हैं, अब तू ही खाएगा न!"

शामा जैसे दुविधा में पड़ा सोचने लगा कि क्या वह सचमुच उसी के लिए थाली लाया था। ऐसी चमचमाती थाली, एक कटोरी में सब्ज़ी, दूसरी में दाल, ऐसी रोटी तो उसने देखी भी न थी, खाने की बात तो अलग रही। परन्तु उसके आगे छोटी मेज़ पर जब मित्तू खाने की थाली रखकर लौट गया, और उस्ताद जी कमरे से बाहर चले गये थे, तो वह क्या करे; भूख तो लगी ही थी। परसों से कुछ भी नहीं खाया था।

तभी उसने झपटकर एक रोटी उठायी और उसके चार टुकड़े करके, चारों बारी-बारी से ऐसे खा गया जैसे उसकी गली का बड़ा कुत्ता, सभी कमज़ोर कुत्तों से रोटी छीन आँख झपकते ही खा जाया करता। वह जाने कब उसी 'कालू' की तरह सिर हिलाते बाक़ी की तीन रोटियाँ भी खा गया। सब्ज़ी वाली कटोरी तो जाने कब की साफ़ हो चुकी थी। दाल कुछ बच रही थी, वह भी कटोरी उठाकर पी ली। फिर पास रखा पानी का गिलास दो-तीन घूँट में उठाकर पी गया तो जैसे पेट फूल गया। कुरसी से उतरकर पूरा मुँह खोलकर डकार ली और सहमी-सहमी नज़रों से बाहर की ओर देखा।

"रोटी और लाऊँ?" मित्तू ने उसी क्षण भीतर आते पूछा।

"बस!" शामा उसकी ओर देखकर बस तो कह गया, परन्तु भूख अभी भी लगी थी।

"तो यह बर्तन ले जाऊँ?"

"हाँ।"

"तू अब सोएगा?"

"हाँ!"

"तो यहीं सो जा। वह कोने में जो बिस्तर लगा है न वह उस्ताद जी ने अपने मेहमानों के लिए ही बिछा रखा है; उसी पर लेट जा।"

शामा चुपचाप उठकर बिस्तर पर लेट गया और लेटते ही उसे इतनी गहरी नींद आयी कि होश ही नहीं रहा।

मित्तू को अभी बहुत काम था। बड़े उस्ताद जी बाहर घूमने गये थे, जाने कब लौटें। आएँगे तो उन्हें भी दाल-सब्ज़ी गर्म करके रोटी खिलानी होगी। छोटे उस्ताद तो जिस दिन अपनी मोटरसाइकिल, आज की तरह, बाहर खड़ी करके अपने कमरे में चले जाएँ तो कुछ खाते-पीते नहीं। अभी वह मोटरसाइकिल भी घसीटकर अन्दर लानी होगी। बड़े उस्ताद आएँगे तो वह उसे खींचकर अन्दर लाएँगे, अकेले तो उसके बस की बात नहीं थी। वह भारी ही इतनी थी कि यदि ऊपर गिर जाए तो एक बड़ा तगड़ा आदमी भी उसके नीचे से नहीं निकल पाएगा। इसी कारण बरामदे की बत्ती जलाकर मित्तू बाहर सड़क की ओर देखते, बड़े उस्ताद जी का इन्तज़ार करने लगा, परन्तु वह कहीं दिखाई नहीं दिये।

मित्तू मियाँ के लिए ऐसे कुछ ही पल थे जब उसे घर की याद आने लगती। काँगड़ा की बहार ही अलग थी। बरसात में घने पत्तों वाली झाड़ियों के सब पत्तों से धीरे-धीरे नीचे गिरती, चमकीली, मोतियों की-सी बूँदें, और तेज़ हवा में झूमते लहराते, आसमान को छूते चीड़ के पेड़। उन्हीं पेड़ों से दूर, पहाड़ी की एक ढलान पर, उनके छोटे से गाँव की भीगी हुई, चरमराती छत्तोंवाले, छोटे-छोटे माचिस की डिबियों-से घर एक-दूसरे के कन्धे पर बैठे दिखाई देते, बिल्कुल उसी तरह जैसे बकरियाँ चराते समय वह अपने कन्धे पर किसी मेमने को उठा लिया करता और उसे गीत सुनाते घर ले जाता। ऐसे समय में न जाने क्यूँ उसका मन बहुत उदास हो जाया करता। परन्तु उसे पता था कि वह यहाँ से भागकर कहीं नहीं जा सकता। जो कुछ पैसे वह हर माह मनीऑर्डर से अपने गाँव माँ के नाम भेजता उसी से उसके तीन भाई-बहनों को दो जून रोटी मिलती थी। बाप के मरने के बाद माँ कहती, 'अब तो मित्तू बेटे तेरा ही सहारा है। तेरे दो छोटे भाई और बहन कुछ कमा नहीं पाएँगे। तेरी बहन का ब्याह भी तो करना है, वह पैसा कहाँ से आएगा। आख़िर कुछ तो ख़र्च होगा ही न।'

इसीलिए बरामदे के बाहर घूमते अपने गाँव का एक गीत ऐसे याद आने लगता जैसे उसके गाँव के दासू भाई की बाँसुरी की धुन सुनाई दिया करती है। वह वही गीत गुनगुनाने लगता तो घर की बहुत याद आती। फिर गीत ऊँचे स्वर में गाने लगता तो दूर तक फैली सड़क के अगले छोर पर अपना गाँव ही दिखाई देने लगता—कभी-कभी पिछला सभी ध्यान छोड़ वह सड़क पर चलने लगता। सोया-सोया और खोया-खोया-सा। किन्तु उसी क्षण छोटे उस्ताद मिट्ठू की गाली

सुनाई देती। गीत भूल जाता और हाँफता हुआ बरामदे में पहुँच जाता, ऐसे कई बार, बार-बार हुआ, परन्तु वह कभी भी भाग नहीं पाया। उसने जेल तो नहीं देखी थी, परन्तु अपने गाँव के लोगों से सुन रखा था कि उसकी दीवारें इतनी ऊँची होती हैं कि कोई बड़ी सीढ़ी लगाकर भी ऊपर नहीं चढ़ सकता। यदि कोई साहस भी करे तो ऊँची दीवार पर पहरा देते सन्तरी ऐसे 'भगोड़े' क़ैदी पर गोली चला देते हैं। इसलिए हर क़ैदी को क़ैद पूरी होने तक उन ऊँची दीवारों के भीतर ही रहना पड़ता था। लोग ऐसा ही बताते थे।

'क्या मुझे भी ऐसी क़ैद हुई है?' वह कभी-कभार सोचता तो समझ न पाता।

"ओ उल्लू! तू इधर कहाँ जा रहा है?"

मित्तू ने सिर उठाया तो सड़क पर सामने उस्ताद जी खड़े थे। (पहले भी वह उसे ऐसे ही सड़क पर मिल जाया करते थे, परन्तु कुछ बुरा-भला नहीं कहते थे। आज भी कुछ नहीं कहा। वह तो बहुत अच्छे हैं।)

"माँ की याद आती होगी!" उस्ताद जी ने उसके कन्धे पर हाथ रखते, और फिर बायीं बाँह से उसे आलिंगन में लेकर हँसते हुए कहा, "चिन्ता मत कर। इस बार मैं भी तेरे साथ गाँव चलूँगा। मैंने कभी पहाड़ नहीं देखा। तेरे बहाने देख लूँगा। तेरे भाई-बहन से, तेरी माँ से मिल लूँगा, और उन्हें बताऊँगा कि मित्तू तो मेरा बेटा है—एक बड़े पेण्टर का बेटा!"

"सच, उस्ताद जी! आप चलेंगे?"

"हाँ, ज़रूर चलूँगा!" वह मुस्कराता तो मित्तू उसके सामनेवाले दाँतों की बिर्ल को देख मुस्कराने लगता। (लोग कहते थे ऐसा आदमी बहुत भाग्यशाली होता है। उसके पास बहुत धन होता है। कई बार मित्तू ने भी शीशे में अपने दाँत देखे थे, उनमें थोड़ी-सी बिर्ल थी। इसी से वह मन ही मन ख़ुश हो जाता कि एक दिन वह भी धनवान बनेगा।)

और फिर उसे सभी कुछ भूल गया।

"पहले मेरे साथ मोटरसाइकिल भीतर खिंचवाओ बड़े उस्ताद जी, फिर मैं आपके लिए खाना गर्म करूँगा। आपको अब तक तो बहुत भूख लग आयी होगी।"

उस्ताद जी हँस दिये।

रात आधी बीत चुकी थी। शामा कोने में बिस्तर पर बेसुध सो रहा था। उसकी पगड़ी फ़र्श पर गिरी पड़ी थी, जिसके कारण उसके बाल बिखर गये थे। नीले, छोटे बल्ब की मद्धम रोशनी में शामे का सुन्दर चेहरा बहुत लुभावना दिखाई दे रहा था। अमरसिंह कितनी देर तक उसके चेहरे को एकटक देखता रहा, और फिर सीधा लेटकर छत्त पर तेज़ घूमते पंखे को देखने लगा। तभी जाने उसका मन कैसे बरसों

पहले बीती बातों में खो गया। सभी कुछ जैसे आँखों के सामने घूमने लगा।

...उसकी उमर शामे से कम ही रही होगी, जब वह भी बाप की मारपीट और गाली-गलौज से तंग आकर, घर से भाग आया था। सैकड़ों साल पुराने, बहुत दूर तक फैले, दस-पन्द्रह कोस से दिखाई देते क़िले के दोनों ओर छोटे कच्चे-पक्के मकान थे, उन्हीं में से एक में रहता था बाबा मिलखा। वह उसी तरह मिल गया था जैसे किसान धन्ना को अपनी सादगी तथा निष्ठा के कारण एक ब्राह्मण के दिये गये पत्थर से भगवान मिल गये थे।

धन्ना भगत की सीधी-सादी कहानी वह बीसियों बार सुन चुका था। धन्ना को किसी साधु ने भगवान से मिलने का एक मार्ग बताया था–भगवान की मूर्ति पूजा। मूर्ति तो थी नहीं इसलिए गाँव के ब्राह्मण के पास जाकर विनती की कि पूजा के लिए भगवान की एक मूर्ति दे दो। ब्राह्मण ने सोचा, मूर्ख है, इसे मूर्ति कैसे दी जा सकती है। वह तो हरिद्वार से अच्छी-ख़ासी क़ीमत देकर लानी पड़ती है। उसने नमक-मिर्च पीसने का सिलबट्टा उठाकर दे दिया। धन्ना उसी की पूजा करने लगा। दो-तीन दिनों तक उस सिलबट्टे के आगे स्वयं बनाया भोजन रखकर कहता रहा–भगवान भोजन करो, मैं तो आपके खाने के बाद ही खाऊँगा। तीन दिन भगवान ने भोजन नहीं किया तो धन्ना का भी बुरा हाल हो गया। चौथे दिन भगवान सोचने लगे–ऐसे तो बेचारा किसान भूखों मर जाएगा। वह उस सिलबट्टे से प्रकट होकर धन्ने का भोजन करने लगे। धन्ना बहुत ख़ुश हुआ। भगवान ने भोजन करके पूछा, 'भक्त! माँगो, क्या माँगते हो!' धन्ने ने कहा, 'देखो भगवान, ज़मीन कम थी, शादी नहीं हुई। कोई बेटा नहीं। स्वयं ही पशु चराता हूँ। दो गायें हैं, उनके दो बछड़े हैं। उन्हें बाहर चराने ले जाता हूँ। उन्हीं से गुजारा चलता है। पहला काम तो यही करो कि मेरे पशु चराने ले जाओ, मैं यह काम करते-करते थक-सा गया हूँ। अब तुम आ गये हो तो थोड़ा-सा आराम कर लूँगा।'

भगवान उसकी गाय और बछड़ों को लेकर खेतों में चराने ले गये। धन्ना ब्राह्मण का धन्यवाद करने चला गया।

ब्राह्मण ने पूछा, "हमारा ठाकुर कहाँ है?"

"वह तो जी खेत में गायें चराने गये हैं!"

ब्राह्मण सुनकर बहुत हैरान हुआ। धन्ना के साथ भागा खेत में आया तो उसे भगवान दिखाई नहीं दिये, केवल गाय-बछड़े देख पाया।

ब्राह्मण ने पूछा, "अरे कहाँ है भगवान?"

धन्ने ने कहा, "देखो तो वह गाय के पीछे लाठी लिये जा रहे हैं!"

ब्राह्मण कुछ भी नहीं देख पाया तो धन्ना को भला-बुरा कहते लौट आया। धन्ना हँसने लगा और ऊँची आवाज़ में कहा, "पण्डित जी, कल तेरे ठाकुर सुबह हल जोतेंगे तो देख लेना!"

फिर भगवान ने धन्ने से पूछा, "पशु चराने के लिए तो मैं किसी देवता को भेज दूँगा, अब तू और बता, तुझे क्या चाहिए!" धन्ना ने हाथ जोड़कर कहा, "भगवन!

"एक भैंस माँगो लवेरी,
एक ताजन तुरी चँगेरी
एक घर की गीहन चंगी
जन धन्ना लेवै मंगी।"

भगवान तथास्तु कहकर चले गये। उसी समय एक पाँच-कल्याणी भैंस आँगन में आ खड़ी हुई। एक अरबी नस्ल की घोड़ी और उसी के ऊपर सुशील सुन्दर स्त्री धन्ना के घर पर आ गयी। सारा गाँव और ब्राह्मण हैरान। परन्तु धन्ने को कोई हैरानी नहीं थी। कोई पूछता तो कहता–'अरे भाई, मैंने ब्राह्मण की तरह से धन-दौलत या किसी देश का राज माँगा होता तो भगवान मुकर जाते। बस घर बसाने के लिए एक भैंस, घोड़ी और गृहिणी माँगी थी, सो उन्होंने तीनों भेज दीं। पशु चराने के लिए भी उसे किसी देवता के लिए कहूँगा। अभी तो कितनी उमर बाकी है, काम कर सकता हूँ। दस-बारह साल तो स्वयं ही पशु चरा लूँगा। उसके बाद भगवान की कृपा से बड़ा लड़का काम सँभालने लायक हो जाएगा, फिर किसी बात की चिन्ता नहीं रहेगी।'

बहुत विचित्र कहानी थी। उसने जो चाहा था वह तो मिल ही गया था। और मिला सब बाबा मिलखा और नानाजी की कृपा से। वह दोनों भगवान का रूप ही तो थे। जब वह दर-दर भटकता बाबा मिलखा के पास पहुँचा था तो उसने पहली बात यही कही थी, 'बस बेटा! मेरी कही बातों पर चलते रहना, भगवान सब कुछ तेरी झोली में डाल देगा।'

और अब तक ऐसा ही हुआ है। आगे भी बाबा के वचन सच ही होंगे। वह भगवान ही तो थे जो कहा करते–'देखो बेटा, भगवान कहाँ-कहाँ जाएँ, इसलिए उन्होंने सबके अन्दर अपनी ज्योति जगा दी है। यदि उल्लू की भाँति किसी को यह ज्योति दिखाई न दे तो यह आदमी का अपना ही दोष हुआ, इसमें भगवान क्या करेंगे? हाँ तू सोच, क्या करेंगे बेचारे भगवान!'

और तभी से अमरसिंह 'सोचने' लगा था, हर लाभ-हानि का उसे ज्ञान होने लगा था। बाबा 'व्यापारी' था। दस-बीस रुपये उसकी जेब में हर समय रहते थे। वह गली-गली घूमकर आटे का छान-सूहड़, अख़बारों-किताबों-कापियों की रद्दी, ख़ाली बोतलों, ख़ाली डिब्बों, पीपे-पीपियों का 'व्यापार' करता था। पहले अकेले जाया करता था, अब अपने अमरू बेटे को भी साथ ले जाया करता। कमाई दुगुनी होने लगी। उसका अपना कोई तो था नहीं, सो आधी कमाई अमरू की कहकर पीछे-

छोटे कमरे में रखी लोहे की तिजोरी में रख, बड़ी चाबी हर समय कुरते की जेब में सँभालकर रखता। रात भर अमरू को बहुत रोचक कहानियाँ और भेदभरी बातें बताया करता। बाबा की उन कहानियों का ही प्रताप है कि आज तीस-पैंतीस की उम्र में उसके पास सब कुछ है।

'देख बेटा, यह जो माया है न, यह भगवान का ही रूप है। आदमी धरती पर आते ही इस मायाजाल में फँस जाता है, जैसे मकड़ी के जाले में मक्खी फँस जाती है। उसके बाद छुटकारा तभी मिलता है जब उसे मकड़ी निगल लेती है। बस इतनी-सी तो बात है। यही माया बड़ी मुश्किल से आती है और सुख भी देती है। माया के बिना सुख कैसा!...मज़दूर है, किसान है, रात-दिन मेहनत करता है। मज़दूर को तो आज मज़दूरी मिली कल नहीं मिली तो भूखों मरेगा। किसान पहले हल चलाएगा, बीज बोएगा और आकाश की ओर ताकने लगेगा। समय पर बारिश हो गयी तो फ़सल अच्छी हो जाएगी, नहीं तो अकाल पड़ेगा। इसलिए सबसे अच्छा है व्यापार। देखो न, बस बीस-तीस लगाते हैं, उसके दुगुने-तिगुने कमा लेते हैं। माया को माया मिलती है। कहते हैं न—

'माया को माया मिले, कर कर लम्बे हाथ,
तुलसीदास गरीब की, कोई न पूछे बात।'

'ग़रीबी तो बेटा अभिशाप है। मैंने भी भोगी। अब जब से यह काम करने लगा हूँ—व्यापार का—तब से बहुत सुखी हूँ। भगवान ने देखा कि अब बाबा बूढ़ा हो गया तो तुझे भेज दिया। यह सब उसी की तो माया है। वह प्रत्येक प्राणी के मन में सभी कुछ किये जा रहा है, परन्तु उसका भेद समझ में नहीं आता।'

और जाने क्या-क्या भेद की बातें बाबा ने बतायीं कि उसका तो जीवन ही बदल गया, जैसे 'कायाकल्प' होता है, ऐसे।

जिस रात को बाबा मिलखा का जाने का मन होता, उस साँझ रोटी खाकर खाट पर लेटते ही कुछ समझाने लगता। 'बेटे, किसी रोज़ मैं तो चला जाऊँगा। तू यहाँ मत रहना। किसी और शहर चले जाना। यह तिजोरी की चाबी अब अपने पास रखा कर। मेरा क्या भरोसा कब साँस आए न आए! इस घर को ताला लगा देना। जब तू बड़ा हो जाएगा तो आकर इसे बेच देना या अपने लिए नया बना लेना। तब तू बहुत बड़ा आदमी बन चुका होगा। तेरे रहने के काबिल यह रहेगा नहीं। फिर यह पहाड़ जैसे क़िले के नीचे है। यह क़िला जाने एक हज़ार साल पुराना है या दो हज़ार साल। इसका कोई-न-कोई बुर्ज हर बरसात में गिर जाता है। किसी दिन इधर का बुर्ज लुढ़क गया तो यह आसपास के सभी घर नीचे दब जाएँगे। बहुत से लोग मरेंगे भी। यह राजाओं के महल-क़िले होते हैं न, यह जब बनवाये जाते हैं तो भी सैकड़ों लोग इन्हें पूरा करने में मर जाते हैं। जो राजा के महल-क़िले के

पास रहेगा वह तो मरेगा ही। अब तो तू समझ गया न!...देखो बड़े लोगों के साथ के बिना गुज़ारा तो नहीं परन्तु इन लोगों के साथ रहनेवाले छोटे लोग दूसरे से पहले मरते हैं। उन्हें मरना ही होता है। फिर कुदरत का यह खेल है। राजा के पास रहोगे तो अच्छा खाओगे, अच्छा पहनोगे, आदर-सम्मान मिलेगा, जो राजा से दूर रहनेवालों को तो कभी नहीं मिलता। परन्तु जब यह 'राजा के लोग' अपने हिस्से का खा-पी और पहन लेते हैं तब हिसाब चुकता हो जाता है। तब उन्हें मरना ही होता है। तू समझ रहा है न मेरी बात! बस जब भी किसी का हिसाब चुकता हो जाए तो उसे सब यहीं छोड़कर जाना पड़ता है।'

वह बहुत कुछ समझ चुका था। दस-बारह साल की आयु में ही बाबा ने इतना कुछ समझा दिया था जो शायद वह बीस-तीस साल तक भी न समझ पाता। परन्तु बाबा अनेक बार 'तैयारी' करके भी नहीं गया। बस जाने को कह देता, जाता नहीं था। ऐसा 'व्यापारी' जीवन छोड़कर किसका मन करेगा यह संसार छोड़ने को! फिर बाबा तो रात को खाट पर लेटे-लेटे भी गाया करता।

जदों पुग्ग गयी औध ताँ चिठी घर दरगाहों आऊणी है!
ओदों किसे ना देखणी रूत्त हाढ़ी है कि सौणी है।
विच गदैले दे ताँ चुमदी रड़क बड़ेवें दी
सेजा तेरी लकड़ो गोहिया दी वणौणी है।
तेरा जी नी ओये करना भरिया मेला छाडणे नूँ
पर जम ने सिर नौबत आ बजौणी है।
तूँ आखेंगा, दो दिन, होर वी मेला देखण दियो
पर हुकम दे बधे जम ने चिठी तेरे हत्थ फड़ौणी है
तरले करदा, रोन्दा मार धाहाँ पछतावेंगा
फाला कुट्टी दा जिओं, ओहना खूप लगौणी धौणी है।
केल करेन्दे हँझ नूँ जद आ बाजाँ ने पैणा है
चक-लो चक-लो होजू जदों भौर उडारी लौणी है।

फिर एक दिन बाबा ने बहुत रात गये, पिछली तिजोरी में रखे कितने ही छोटे-बड़े नोट तथा सिक्के एक कपड़े में बाँधकर देते हुए कहा, 'तू सूरज निकलने से पहले, जो गाड़ी सुबह पाँच बजे फिरोज़पुर को जाती है, उसी पर चले जाना। इस पोटली में तेरी कमाई है—व्यापार का मुनाफ़ा। भीतर जो तेरा ट्रंक पड़ा है उसमें सँभाल के रख ले। चाहे तो अपने गाँव चले जाना, चाहे कहीं और। इस पोटली का भेद किसी और को मत बताना। पैसा तेरे पास होगा तो तू कोई भी व्यापार कर सकेगा। नहीं तो किसी की गुलामी करनी पड़ेगी।'

कुछ रुककर बाबा धीमे स्वर में बोला, 'बस एक इच्छा है मेरी, वह पूरी

अवश्य करना। जिस दिन चला जाऊँ उस दिन मेरी चिता को अग्नि दिखाने जरूर आ जाना। मेरा तो जहान में अब तू ही है।'

अमरसिंह का मन उदास हो गया था। कितनी रात गये नींद नहीं आयी। बाबा और भी काम की बातें समझाता रहा, परन्तु उसका ध्यान नहीं था। फिर मुर्ग़े की बाँग के साथ ही बाबा ने उससे कहा था, 'उठो बेटा, जाने का समय हो गया।'

वह तो पहले ही जाग गया था। अपना पुराना ट्रंक उठाया और बाबा के चरण छूकर चला तो उसने फिर आशीष दी, 'तुम सुखी रहो। बढ़ो, फूलो! माया के भण्डार भरे रहें! जो भी व्यापार करो उसमें सदा सफलता मिले!' और बाबा उसे क़िले की पिछली दीवार तक छोड़ गये थे। वापस मुड़े तो पगड़ी की छोर से आँसू पोंछने लगे। अमरसिंह ने कई बार पीछे मुड़कर देखा और रुका भी, परन्तु बाबा का आदेश नहीं भूला। सिर नीचा किये स्टेशन पर आ गया था।

यह छोटा-सा शहर था जिसे इस इलाक़े में मण्डी कहते थे। यहाँ उसका दूर के रिश्ते का एक 'मामू' रहता था। कपड़े सीने का काम किया करता। घर तो ठीक से याद भी नहीं था। नाम याद था, फंगन सिंह। इधर-उधर से पूछकर घर ढूँढ़ लिया। फंगन सिंह की पत्नी घर पर थी, उसने पहचाना तो नहीं परन्तु घर में आने दिया। चाय भी पिलायी, सुबह की रोटी भी खिला दी। जब तक फंगन सिंह लौटा तब तक उसकी पत्नी अमरसिंह को पड़ोस में रहते वैद्य गुरमुख सिंह के पास छोड़ आयी थी। वैद्य सत्तर की आयु को पहुँचे बहुत भले आदमी थे। जड़ी-बूटी कूटने-पीसने आदि के लिए उन्हें एक बलिष्ठ और बुद्धिमान लड़का चाहिए था। कुछ शक्की स्वभाव का होने के कारण कितने लड़के आये परन्तु कोई टिक नहीं पाया।

"तू कहाँ से आया बेटा?" वैद्यजी ने पूछा।

"जी अब तो भटिण्डा से आया हूँ।"

"गाम-धाम कहाँ है?"

"मेरे माता-पिता, भाई-बहन फिरोज़पुर के पास पिपली गाँव में हैं जी।"

"क्या काम करते हैं?"

"जी, कपड़े सीते हैं।"

"तो तू दर्ज़ी का बेटा है।"

"हाँ जी। पिता का नाम करतार सिंह है जी। हम पाकिस्तान से आये थे। परन्तु मेरा जन्म तो यहीं का है। मुझे तो पता नहीं पाकिस्तान कब कहाँ बना।"

वैद्यराज ने उसे सिर से पाँव तक ध्यान से देखा, फिर पूछा, "तुम्हारा गोत्र क्या है?"

"जी मालूम नहीं। मेरी माँ बताया करती थी कि मेरे ननिहाल का गोत्र सग्गू है जी।"

"सग्गू।" वह हैरानी से फिर उसे देखने लगे और मुस्कराकर बोले, "तब तो वह हमारी बेटी हुई, हमारा भी गोत्र सग्गू है। कुछ पढ़ाई की है?"

"जी, पाँचवीं पास की थी।"

"और घर से भाग आया।" वैद्यजी जैसे अन्तर्यामी थे बोले, "यह अपना ट्रंक पिछले कोठे में रखो और वह बायीं ओर की रसोई में स्टोव रखा है। वहाँ दूध रखा है। गर्म करके एक गिलास पीयो। फिर हमारे पास आकर काम करना।"

अमरसिंह चला गया था। जब कुछ देर बाद वापस आया तो वह बोले, "हमें आज से 'नानाजी' कहकर बुलाना। अब यह सामने रखा मामजिस्ता उठाओ और उसमें छोटी मेज़ पर रखी जड़ी-बूटियाँ डाल लो और उन्हें कूटकर इतनी महीन करो कि कपड़छान हो पाएँ। समझ गये?"

"जी नानाजी!"

वैद्यजी को लगा लड़का सचमुच बुद्धिमान है। शरीर कुछ कमज़ोर है, परन्तु काठा लगता है। काम कर पाएगा।

नानाजी तीनों कपड़े सफ़ेद पहनते थे। सफ़ेद ही दाढ़ी थी। गोरा रंग, लम्बा क़द, तीखा नाक और चमकीली, कुछ भूरे रंग की आँखें, जिधर एक नज़र देखते, सभी कुछ जान लेते। अमरसिंह को वह स्वभाव, शरीर तथा ज्ञान के स्तर पर बाबा मिलखा जैसे ही लगे। कुछ ही दिनों के बाद वह जान गया कि जो बातें बाबा बताया करते थे उसी तरह की बातें नानाजी भी बताते हैं। साँझ को रोटी पकाने का काम जब अमरसिंह सीख गया तो उन्होंने रसोई में जाना छोड़ दिया। जो कुछ उसे कहना होता, रात को ही लेटकर कहते। दिन-भर तो आने-जानेवालों का ताँता लगा रहता था। बीसियों मरीज़ बाहर के बड़े दरवाज़े[1] में रखे लकड़ी के बेंचों पर बैठे रहते, और अपनी बारी के हिसाब से उन्हें अमरसिंह बुलाकर अन्दर आने देता।

अभी अमरसिंह को आये एक ही सप्ताह हुआ था कि नानाजी ने उसको पढ़ाने के लिए एक मास्टर बुला लिया। उसे कहा, 'देखो मास्टर जी! पैसे जितने कहोगे, मिलेंगे। हमारे इस बेटे को इसी साल आठवीं पास करवा दो। अगले साल इसे मैट्रिक पास करवा देना। करवा पाओगे?'

'जी, पूरी कोशिश करूँगा!' मास्टर ने कहा, 'यह तो जी लड़के पर निर्भर करेगा कि वह कितना पढ़ सकता है, उसका आई-क्यू कितना है—यानी...'

1. दरवाज़ा पंजाब में उस ड्योढ़ी को कहते हैं जो एकदम घर के अन्दर जाने के लिए होता है। यहाँ आम तौर पर किसान लोग पशु बाँधते हैं। यह बहुत बड़ा कमरा आने-जानेवालों के लिए बैठक का भी काम देता है।

'यह आई-क्यू क्या होता है भई?' वैद्य जी ने पूछा था।

'जी यह बुद्धि की क़िस्म होती है कि वह कितनी अच्छी है या...'

'अच्छा तो बुद्धि की भी क़िस्में होती हैं, जैसे भट्ठे के ईंटों की क़िस्म होती है।'

'हाँ जी! ऐसा ही हमें पढ़ाया जाता है, ट्रेनिंग के समय।'

नानाजी हँसने लगे, फिर बोले, 'अच्छा तो पहले यह बताना कि हमारे इस छोकरे की इँटों की तरह क्या क़िस्म है। अव्वल है, दोयम है या सोयम है या पिल्ली, खंघर जो फूटता नहीं।'

मास्टर जी शाम को पढ़ाने आने लगे तो उन्होंने तीन-चार दिन के बाद वैद्यजी को बता दिया कि लड़के की बुद्धि अव्वल दर्जे की है। बहुत जल्दी पढ़ जाएगा। वैद्यजी ख़ुश हो रहे थे कि ऐसा बुद्धिमान लड़का मिल गया।

अभी दो ही महीने हुए थे कि अमरसिंह के माँ और बाप फंगन सिंह के सन्देशा भेजने पर वैद्यजी के पास आये। अमरसिंह के लिए कुछ कपड़े और खाने के सामान भी बाज़ार से लेकर आये थे। वैद्यजी ने पूछा, 'इसे ले जाने के लिए आये हो क्या?'

'नहीं जी, हम तो दर्शन करने के लिए आये हैं। यह तो जी अब आपका ही है जी!' अमरसिंह के बापू ने हाथ जोड़कर विनती की।

'यदि यह बात है तो अपने कपड़े-लत्ते ले जाओ, और जो खाने का सामान ले आये हो उसे रसोई में रख, दो।'

माँ और बापू अमरसिंह की हालत देखकर ख़ुश थे। उसे माँ ने आलिंगन में लेकर प्यार दिया। आशीष दी कि वह बड़ा वैद्य बने, सुखी रहे। बापू ने भी उसके सिर पर हाथ रखा था और वैद्यजी को नमस्कार कर लौट गये थे।

वैद्य गुरमुख सिंह के बारे में मशहूर था कि वह धार्मिक व्यक्ति तो हैं ही, साथ ही बाल ब्रह्मचारी भी हैं। संसार से उनका केवल इतना नाता है कि वे दीन-दुखियों की सेवा करते हैं, किसी से दवाई का पैसा नहीं माँगते। किन्तु जब से अमरसिंह आया वह ग़रीबों से भी पैसा लेने लगे थे। कह देते, 'भाई! कुछ पास है तो देते जाओ, नहीं फिर कभी दे जाना।'

जो लोग उन्हें बीस-तीस साल से जानते थे, उन्हें तो कुछ हैरानी हुई परन्तु आम लोगों ने ऐसा कुछ नहीं सोचा। लोगों को विश्वास था कि उनके हाथ में शफ़ा थी। कुछ दिन की दवाई से लम्बी बीमारी से भी छुटकारा मिल जाता था। यदि एक-दो रुपये ख़र्च भी हो गये तो क्या।

केवल इतना ही बदलाव नहीं आया था। एक बड़ी घटना यह भी घटी कि वह अमरसिंह को पहले की तरह धार्मिक शिक्षा कम देने लगे। (अमरसिंह भी इस घटना से कुछ हैरान था।)

'देख बेटा! गुरबाणी में भी महान् गुरु, गुरु नानक देव ने कहा है—मनका जीवो पवन, पतिदेही, देही महि देओ समाना। अर्थात्, मन का जीवन प्राण, प्राणों का पति जीवात्मा। देही, भाव जीवात्मा में देओ, भाव पारब्रह्म समाया हुआ है। तब इस शरीर का ध्यान रखना तो आवश्यक है। इसी में तो पारब्रह्म निवास करते हैं। और इस शरीर के लिए साधन चाहिए। साधन मिलेंगे पैसे से। यदि पास पैसा नहीं तो शरीर के लिए खाने को, पहनने को कहाँ से आएगा? समझ रहे हो न सारी बात।'

अमरसिंह कई बार यह सब ठीक से समझ न पाता। कहाँ तो नानाजी यह कहते थे कि 'माया बनी है नागनी जगत रही लिपटाय, जो इसकी सेवा करे तिस ही को फिर खाय।' और कहाँ अब उसी माया को जीवन के लिए आवश्यक मानने लगे थे। परन्तु वह ऐसे झंझट में पड़ने के बजाय बाबा मिलखा की बातों को अधिक याद करता था। अब जब नानाजी भी वैसी शिक्षा देने लगे थे तो उसे समझने में क्या कठिनाई हो सकती थी।

अमरसिंह तीन साल में पढ़ाई पूरी करके नानाजी की सलाह से आर्ट तथा क्राफ़्ट अध्यापक की ट्रेनिंग करने चला गया। एक साल की ट्रेनिंग थी, परन्तु केवल सात महीने पढ़ाई हुई। समय जैसे पलक झपकते बीत गया। एक ज़िले के इंस्पेक्टर नानाजी के भक्त थे। उन्होंने ट्रेनिंग समाप्त होते ही अमरसिंह को स्थानीय हाईस्कूल में अध्यापक लगवा दिया। अभी उसकी उमर बीस साल भी न थी कि वह अपना 'कैरियर' शुरू कर चुका था। नानाजी ने उसकी ट्रेनिंग के दौरान ही दो और लड़कों को दवाई कूटने और छानने के लिए रख लिया था।

कुछ समय बाद नानाजी का बुलावा आया तो उसे पास बुलाकर कहा, 'देखो बेटा! अब मेरा 'पहरा' पूरा होनेवाला है। यह मेरी वसीयत है। यह मकान, सामान, जड़ी-बूटी सब तेरे नाम लिख दिया है। मेरे आँख मूँदते ही जाने कितने लोग मेरे भाई-भतीजे बन बैठेंगे। यह काग़ज़ सँभालकर रखना, फिर तुझे कोई तंग नहीं करेगा। आज से ही यह सब तेरा है।'

और उसके कुछ समय बाद रात को सोये और सुबह को जागे नहीं। सैकड़ों लोग पल-भर में आ गये। वैद्यजी का विमान भी निकला और कीर्तन भी हुआ। दस दिन बाद दसहरा भी हुआ। गुरुग्रन्थ साहिब का पाठ हुआ। फिर भोग की रस्म के समय जैसे सारी मण्डी, आसपास के गाँवों के लोग भी आये। जितना पैसा नानाजी छोड़ गये थे उसके एक-चौथाई से ही उनके अन्तिम संस्कार के सभी ख़र्चे पूरे हो गये थे।

अमरसिंह कुछ दिन तो उदास रहा, फिर नानाजी की जड़ी-बूटी एक अलमारी में बन्द कर घर की मरम्मत करवायी और ज़िन्दगी अपनी चाल चलने लगी।

इस बीच कई बार बाबा मिलखा का ध्यान आया, परन्तु वह जा नहीं पाया। एक दिन सभी काम छोड़कर गया तो पता चला कि बाबा के घर में कोई और 'पाकिस्तानी' लोग रह रहे थे। पूछा, 'बाबा कहाँ हैं?' एक लम्बी-सी नाक, बड़ी-बड़ी आँखों और बड़ी-सी पगड़ी वाला 'भापा' बोला, 'कौन मिलखा? वह बूढ़ा तो हमारे नाम अलाट हुए इस मकान में जबरदस्ती घुसकर बैठ गया था, हमने निकाल दिया। उसे गये तो छह-सात साल हो गये। कहीं मर-खप गया होगा, हमें कुछ पता नहीं।' अमरसिंह के मन में आया कि उसे गाली दे। उससे मारपीट करे। उसे बताए कि बाबा कौन था। परन्तु कुछ भी नहीं कर पाया। चुपचाप लौट आया और कुछ दिन ऐसे ही गुमसुम रहा। फिर बाबा की बात याद आयी—'बेटा जो तेरे भाग्य में है, अवश्य मिलेगा। अधिक की इच्छा अवश्य करो परन्तु इतना भी मुँह मत खोलो कि मक्खियाँ मुँह में जाने लगें।'

उसके बाद तो अमरसिंह का ब्याह हुआ। बाबा जी का कच्चा-पक्का मकान भी 'नौलखा' महल बन गया और अमरसिंह उस छोटे से कस्बे में अब इतने बड़े घर में पहुँच गया था। जो चाहा उससे भी अधिक मिल गया। और क्या चाहिए।

ध्यान से देखा—शामा उसी तरह गहरी नींद में सो रहा था। छत्त का पंखा इतना तेज़ घूम रहा था जैसे अभी टूटकर उसके सिर पर आ गिरेगा। शायद पंखे के भय से या किसी और कारण अमरसिंह को अभी भी पसीना छूट रहा था। आँखें भींचकर सोने का प्रयत्न करता तो सिर दुखने लगता। नींद नहीं आ रही थी। आखिर सीधे लेटते ही आँखें बन्द कीं तो मिलखा ज़ोर-ज़ोर से चिल्लाता बाबा सुनाई दिया—'बेटा, पैसे के मामले में किसी सगे-सम्बन्धी का भी विश्वास मत करना। यहाँ सब चोर हैं। तेरे भाई-बन्धु भी चोर हैं। किसी का भरोसा मत करना।' परन्तु उसने तो सारा कारोबार मिट्ठू को सौंप रखा था। सब लेन-देन वही करता था। महीने की दो-तीन तारीख को तीन-चार कभी पाँच सौ ऐसे पकड़ा देता जैसे उसे स्कूल से तनख्वाह मिला करती थी। कई बार तो पाँच-सात सौ भी मिल जाते हैं। और आगे यह मुनाफ़ा तो बढ़ेगा ही, कम तो नहीं होगा।

सो तो सारी रात नहीं पाया। फिर बहुत रात रहते उठकर बाहर घूमने चला गया। पौ पटते ही वापस आया तो देखा मित्तू मियाँ जाग चुका था। उसने धीमे स्वर में कहा, "बेटा उस लड़के को..."

"किसको? शामे को जी?"

"हाँ, उसे जगाना मत। जब भी जाग जाए, चाय के साथ कुछ खाने को दे देना, और अपने साथ दुकान पर ले आना मैं तो अभी जाऊँगा।"

"आप अभी जा रहे हैं उस्ताद जी? चाय नहीं पिएँगे क्या?"

"दुकान पर ही पी लूँगा। तू मेरी चिन्ता छोड़, शामे का ध्यान रखना!"

"ठीक है जी। पूरा ध्यान रखूँगा जी।"

जब कोई नहीं जगा तो मित्तू, रसोई के सामने जो छोटा कमरा था (जिसे स्टोर कहते थे) उसके अन्दर चला गया। कुछ अँधेरा लगा, बत्ती जला ली। एक कोने में कुछ फटे-पुराने अख़बार और अँग्रेज़ी के रिसाले पड़े थे। वे मित्तू ने उलट-पलट कर कई बार देखे थे, परन्तु उसमें तस्वीरों के सिवा कुछ भी उसके समझने की बात नहीं थी। आज जो सबसे ऊपर रिसाला पड़ा था उसके ऊपर एक सुन्दर-सी स्त्री की तस्वीर थी। उसने काला चश्मा पहन रखा था और बाल बिखरे हुए थे। भारी-सी छातियों पर काले रंग की अंगिया और नीचे ऐसी ही छोटी-सी चड्ढी पहन रखी थी। उसकी गोरी टाँगें, बाँहें, पेट सभी अंग नग्न थे। तब भी वह मुस्कराये जा रही थी। कुछ क्षण उसको देखने के बाद मित्तू को लगा कि वह जैसे चोरी करते पकड़ा गया हो। जल्दी से बाहर आया और देखा दोनों कमरों में शामा और उस्ताद जी अभी सो रहे थे। वह दबे-पाँव फिर स्टोर में चला गया। वहाँ रिसाला उठाया और उसके भीतर के पन्ने उलटने लगा।

"ओय अम्मा!" मित्तू जैसे चिल्ला उठा, परन्तु तभी मुँह भींच लिया; सोचा तो आवाज़ बहुत दूर तक सुनाई नहीं दी होगी, नहीं तो जाने क्या होता।

यह क्या? एक सुन्दर स्त्री, एक हट्टा-कट्टा आदमी और एक बूढ़ा—तीनों किसी समुन्दर या दरिया के किनारे रेत पर लेटे हुए थे। स्त्री ने तो बाहर के पन्नेवाली तस्वीर की तरह पाँच-सात अँगुली चौड़ी अंगिया और चड्ढी पहन रखी थी, दोनों मर्द शायद पूरी तरह नग्न थे। या उन्होंने सफ़ेद रंग से मिलते-जुलते, स्त्री की अंगिया जैसे ही लँगोट पहन रखे थे, जो उसे दिखाई नहीं दिये। तीनों पास-पास टाँगें फैलाकर लेटे हुए थे। तीनों ने ही काले चश्मे पहन रखे थे। उनसे थोड़ी दूर पर पाँच-सात साल के बच्चे भागे जा रहे थे। वह तो बिल्कुल ही नंगे थे। फिर भी खिलखिलाकर हँस रहे थे। कुछ क्षण के बाद वे उसे किलकारियाँ मारते हुए भी सुनाई दिये तो मित्तू ने आँखें भींच लीं और रिसाला बन्द कर दिया। कुछ क्षण वहीं खड़ा सोचता रहा, फिर उस्ताद जी के कमरे में चला गया जहाँ शामा सोया था। उसके कान दूसरे

कमरे में सोये छोटे उस्ताद जी की तरफ़ लगे थे। परन्तु उनके जागने का अभी समय नहीं हुआ था। बिल्ली की तरह बहुत ध्यान से चलते शामे की चारपाई तक आकर उसकी बगल में बैठ गया और उसके कन्धे को पकड़कर हिलाया। शामा हड़बड़ाकर उठ गया और भयभीत आँखों से इधर-उधर देखने लगा।

"अरे मैं हूँ!" मित्तू ने बहुत धीमे स्वर में फुसफुसाते हुए कहा तो शामा हथेलियों से आँखें मलते हुए उसकी ओर ऐसे देखने लगा जैसे ठीक से कुछ दिखाई न दे रहा हो।

"क्या है?" शामे ने भी उसी तरह फुसफुसाते हुए पूछा।

"यह देख...कभी ऐसा देखा है तूने!" मित्तू ने भीतर के नंगे लोगों की तस्वीर उसे दिखायी तो शामा कभी मित्तू और कभी तस्वीर को बारी-बारी से देखने लगा। परन्तु लगा, उसे किसी बात की अभी सुध नहीं थी।

"ओए कुत्ते की दुम!" उसी समय साथ के कमरे से मिट्ठू उस्ताद की गर्जन सुनाई दी तो मित्तू रिसाला वहीं फेंककर बाहर की ओर भागा।

"चाय अभी लाया जी।"

हड़बड़ाहट में मित्तू और जाने क्या कह गया, और फिर रसोई में जाकर स्टोव जलाने लगा।

उसी समय मिट्ठू उस्ताद अँगड़ाइयाँ लेते, कमरे से बाहर आया और कमरे का दरवाज़ा आधा बन्द करके रसोई की ओर जाते फिर चिल्लाया, "तुझे कुछ अकल है कि नहीं। सात बजने को हैं और..."

फिर अचानक वह बड़े उस्ताद जी के कमरे की ओर लपका तो अपने बिखरे बालों का जूड़ा करते शामे को देखकर उसके तन-बदन में आग लग गयी।

"तू कौन है रे?...साले दुनिया भर के लफंगे चले आते हैं यहाँ। भाग यहाँ से नहीं तो साले की टाँगें तोड़ दूँगा!"

शामा सचमुच ही नंगे पाँव ऐसे भागा जैसे सचमुच ही पीछे से उसे खाने के लिए कोई जानवर भागा आ रहा हो। घर से बहुत दूर जाकर उसने रुककर पीछे मुड़कर देखा तो वहाँ कोई दिखाई नहीं दिया। भागते समय उसके बाल फिर बिखर गये थे, (उसे यह सन्तोष हुआ कि भागते समय वह पगड़ी उठा लाया था) परन्तु रुका नहीं। बड़ी सड़क पर तेज़-तेज़ चलते और पीछे मुड़-मुड़कर देखते उसी तरह भयभीत आँखों से उस घर से दूर होता गया, जहाँ उसने कितनी ही रातों के बाद एक रात सोकर बितायी थी।

उधर मित्तू जब चाय लेकर उस्ताद जी के कमरे में गया तो उसने उस्ताद जी के पलँग पर सोयी एक वैसी ही स्त्री देखी जैसी रिसाले के भीतर कुछ देर पहले

देखी थी। यह भी काला चश्मा पहने जाने जाग रही थी या सो रही थी, वह ध्यान से देख नहीं पाया।

उसके हाथ काँपने लगे थे। सिर नीचा किये चाय वाली ट्रे उस्ताद जी के सिरहाने छोटी मेज़ पर रखकर थरथराती टाँगों से लौटने लगा तो उस्ताद जी फिर गुर्राये, "दो कप चाय और ले आ, सुना।"

"जी!"

फिर वह पीछे मुड़कर नहीं देख पाया।

सात

साँझ ढले जब अमरसिंह घर लौटा तो उदास था। मित्तू पहले ही रसोई में आकर खाना बनाने लगा था। जब अमरसिंह रसोई के आगे से गुज़रा तो मित्तू ने आगे बढ़कर पूछ लिया।

"बड़े उस्ताद जी! आपके लिए चाय बनाऊँ?"

अमरसिंह बोल नहीं पाया, केवल हाथ हिलाकर उसे चाय के लिए मना कर दिया। एक बार मित्तू की ओर देखकर मुस्कराने का प्रयत्न भी किया, परन्तु वैसे नहीं मुस्करा पाया जैसी उसकी आदत थी।

कमरे के भीतर जाकर पगड़ी उतारकर छोटी मेज़ पर रख दी और बूट उतारे बिना ही बिस्तर पर लेट गया। लेटते समय कोने में शामे की टूटी चप्पलें दिखाई दीं तो मन खिन्न हो गया। उठकर चप्पलें उठायीं और उस चारपाई के नीचे रख दीं जिस पर शामा रात सोया था। फिर अपने बिस्तर की ओर बढ़ा तो लगा जैसे सारा बदन पसीने से लथपथ हो। तभी छत का पंखा पूरी स्पीड से चला दिया और फिर बिस्तर पर लेट गया।

उसी क्षण ऐसा लगा जैसे चारों ओर अन्धकार छाने लगा हो। दीवारें और छत्त पर नज़र दौड़ायी तो सोचा इतना गहरा अँधेरा न हुआ था, जितना महसूस हो रहा था। फिर भी उठकर दोनों बत्तियाँ जला दीं। थका-माँदा जब फिर बिस्तर पर लेटा तो बिजली की तेज़ रोशनी आँखों में काँटों की तरह चुभने लगी। आँखें बन्द कीं तो रोशनी की चुभन और महसूस होने लगी। उठकर बैठ गया और बूट पहनने लगा।

"उस्ताद जी, आप कहीं जा रहे हैं तो चाय बनाऊँ?" दरवाज़े के पास आकर मित्तू ने कुछ झिझकते हुए पूछा।

"तुझे कहा न कि कुछ नहीं चाहिए।"

जब थोड़ी भर्रायी आवाज़ से उत्तर दिया तो मित्तू को डर लगा। बिना मुस्कराये तो उस्ताद जी साधारण-सी भी बात नहीं करते थे। आज उन्हें क्या हो गया। यह सोचते हुए मित्तू रसोई में वापस चला गया।

कुछ क्षण के बाद अमरसिंह नंगे पाँव ही घर से बाहर चला गया। पहले बरामदे में रुककर दूर-दूर तक फैले अँधेरे को देखा, फिर सिर झुकाकर, हाथ पीठ के पीछे किये और सिर झुकाये उत्तर की ओर एक पगडण्डी पर चलने लगा। पगडण्डी तीन-चार सौ मीटर जाकर एक चौड़ी सड़क में मिल गयी थी। बिना सोचे उस पर चलने लगा। आसपास कुछ पुराने वृक्षों की परछाइयाँ सड़क पर दिखाई दीं तो ऐसे रुक गया, जैसे आगे साँप आ गया हो।

पीछे मुड़कर देखा तो एक चार-पाँच मंज़िली इमारत रोशनी में ऐसे झिलमिला रही थी जैसे पूरा भवन ही बिजली की बत्तियों से बनाया गया हो। अधिक ध्यान से देखा तो उस भवन की ऊपर से दूसरी मंज़िल के बीच एक दो गज़ लम्बा गज़-भर चौड़ा काला गड्ढा-सा दिखाई दिया। वहाँ कोई बत्ती नहीं जल रही थी। ...देर तक ध्यान से देखने लगा, जैसे वह अदाकारी करनेवाले ब्रह्मानन्द का सिर हो, जो हर साल रावण की बहन शूर्पणखा बनकर रामलीला में भाग लिया करता था।

"शूर्पणखा की कटी नाक!" उसने धीमे स्वर में कहा और फिर उसी तरह हाथ पीछे किये, उस झिलमिलाती इमारत से नज़र फेर, उस सड़क पर चलने लगा।

परन्तु बहुत दूर तक नहीं जा पाया। वहीं से लौट आया। (फिर भवन की तेज़ रोशनियों की ओर नहीं देख पाया जैसे डरने लगा था।) जहाँ घर की ओर आती पगडण्डी थी वहीं रुककर आकाश की ओर देखा तो बहुत जगह तारे टिमटिमा रहे थे, परन्तु कुछ देर पहले देखे भवन की तरह उनकी रोशनियाँ आँखों में चुभती नहीं थीं। आकाश, तारे और दूर क्षितिज तक छोटी-छोटी पहाड़ियाँ सभी धुँधले दिखाई दे रहे थे, जैसे आँधी की धूल से अभी बाहर आये हों। वहाँ भी रुक नहीं पाया। जैसे-जैसे घर के पास आता गया, अन्धकार बढ़ने लगा। घर के भीतर भी केवल इतनी रोशनी थी जैसे मिट्टी के तेल का दीया जल रहा हो।

"अरे मित्तू, इतना अँधेरा क्यों कर रखा है?" अन्दर आते ही कुछ गुस्सैली आवाज़ से पूछा।

"आप जी सभी बत्तियाँ जलाकर चले गये थे, मैंने बुझा दीं। हमारा बिजली का बिल बहुत आने लगा है जी!"

"अच्छा! तू ऐसा भी सोचने लगा है, पैसे की बचत के बारे में।"

मित्तू बिना कोई उत्तर दिये कुछ घबराया-सा रसोई से आकर अमरसिंह के कमरे में गया और दोनों बत्तियाँ जलाकर पंखा भी चला दिया।

"उस्ताद जी, खाना कब खाएँगे? अभी लाएँ जी?"

"अभी तो भूख नहीं।"

"तो थोड़ा ठहरकर ला दूँ जी?"

"अब चुप हो जा, जब भूख होगी तो कह दूँगा!"

और वह पहले की तरह निढाल-सा बिस्तर पर लेट गया। छत की ओर देखा तो एक कोने में मकड़ी का जाला दिखाई दिया। देखा तो मकड़ी कहीं दिखाई नहीं दी। अजीब बात है कि जाला मकड़ी का है, अगर कोई मक्खी उसमें फँस जाए तो न वह जी सकेगी न मर पाएगी। कैसी दशा होगी उसकी!...यह दशा तो सचमुच असहनीय होगी।

सोचते हुए जैसे उसे फिर पसीना आने लगा। आवाज़ दी, "ओ मित्तू भाई! एक गिलास पानी लाना।"

"लाया उस्ताद जी!"

जब मित्तू पानी का गिलास लेकर आया तो अमरसिंह उठकर एक ही साँस में सारा पानी पी गया।

"अच्छा बेटा! यह बत्तियाँ बुझा दे और रोटी खाकर सो जा।"

"बड़े उस्ताद जी! अभी कैसे सो सकता हूँ जी? न खाना आपने खाया, न छोटे उस्ताद आये हैं।"

"मिट्ठू अभी तक नहीं आया क्या?"

"जी अभी तो नौ भी नहीं बजे और वह दस-ग्यारह बजे से पहले कभी आते नहीं।"

"तेरी यह बात ठीक है।" उसने मुस्कराने का प्रयत्न करते हुए कहा। "अच्छा तो ठीक है, मैं आज कुछ नहीं खाऊँगा, मेरी तरफ़ से तू अभी से सो जा!"

मित्तू मुस्कराकर दोनों बत्तियाँ बुझाकर लौट गया। लौटते समय वह अमरसिंह के कहे बिना ही, कमरे का दरवाज़ा थोड़ा खुला छोड़ भीड़ गया। (ऐसे ही अक्सर बन्द किया करता था। अमरसिंह मिट्ठू के साथ उसके शराबी होते कोई बात नहीं करना चाहता था; न ही उसकी मित्तू को गाली देने की आदत उसे अच्छी लगती थी। मिट्ठू को भी इस बात का पता था।) नींद नहीं आयी तो करवटें बदलता पहले मिट्ठू के बारे में ही सोचने लगा। पहली बात तो यह मन में आयी कि क्या ऐसे ही लोग दुनिया में सफल जीवन जीने के योग्य होते हैं?

...जब मिट्ठू स्कूल में पढ़ता था तो उसकी माँ अमरसिंह के नानाजी के पास

दवाई लेने आया करती। कभी-कभी तो रोकर अपनी व्यथा सुनाने लगती थी। परन्तु नानाजी उसे इतना ही कहते, "भाई यह तो करमों के भोग हैं, सभी को भोगने पड़ते हैं। जो तुम्हारे भाग्य में लिखा है वह तुम्हें भी भोगना पड़ेगा।"

मिट्ठू की माँ अपने इस आवारा बेटे से बहुत दुखी थी। फिर वह दसवीं जमात पास करके दो-तीन साल जाने कहाँ चला गया। तब अमरसिंह स्कूल में अध्यापक नियुक्त हो चुका था। मिट्ठू की माँ नानाजी के न रहने पर अमरसिंह के पास आकर अपना दुखड़ा रोने लगती तो वह समझ न पाता कैसे दिलासा दे। बस नानाजी की भाँति वह भी उसे करमों की गति कहकर ढाढस बँधाने के प्रयास करता।

फिर अचानक जाने कहाँ-कहाँ की 'खाक छानकर' आते ही मिट्ठू ने एक दुकान किराये पर लेकर साइनबोर्ड लिखने का काम शुरू कर दिया। कुछ महीने के अन्दर वह उस छोटे से शहर में एक बड़ा पेण्टर बन गया। अमरसिंह को पहले से पेण्टिंग का शौक था। दोनों की ऐसी बन आयी कि आज वे कहाँ-से-कहाँ पहुँच चुके थे। चाहे लोग और उसकी विधवा माँ मिट्ठू के बारे में कभी अच्छा नहीं सोच पाये थे। (उसकी कुछ बुरी आदतों के कारण उसके दोस्त मित्र भी दुखी थे।) परन्तु कितने साल बीत चुके थे मिट्ठू ने अमरसिंह को शिकायत का मौक़ा नहीं दिया था। अगर कोई कहता भी–'मास्टर तेरा और उस बदमाश का क्या मेल?' तो अमरसिंह हँस देता। यदि कोई उत्तर देना भी पड़ता तो केवल इतना ही कहता, 'भाई, किसी को मांह की दाल माफिक, किसी को बादी!'

आज तक अमरसिंह के अलावा कोई नहीं जान पाया कि मिट्ठू चाहे कितना भी बुरा आदमी हो, पर उसने अमरसिंह के साथ कोई धोखा नहीं किया था। अमरसिंह को स्कूल से लम्बी छुट्टी दिलाकर यहाँ भी तो वही लाया था। नहीं तो उमर भर वहीं 'बकरी के पैर' जितने कस्बे में जीवन बिता देता।...हालाँकि अमरसिंह को मिट्ठू की आदतें बहुत अच्छी कभी भी नहीं लगी थीं, परन्तु उसे उसकी आदतों के बारे में कभी कोई भला-बुरा भी नहीं कह पाया था।

मिट्ठू के बारे में सोचते दीवार की ओर मुँह कर आँखें मूँद, सोने का प्रयत्न किया तो नींद नहीं आयी। फिर मन कहीं-का-कहीं चला गया। सोनी की याद आयी तो घर के बारे में सोचने लगा। मन व्याकुल हो उठा। जी में आया कि अभी किसी तरह पहुँच जाए, परन्तु यहाँ का काम कौन निपटाएगा। कल साँझ तक ही जो काम निपटाना था, वह भी जाने पूरा हो पाएगा या नहीं। मिट्ठू को आजकल ऊपर के काम से ही फुर्सत नहीं मिल पाती थी। दुकान पर काम करना उसके लिए सम्भव न था। इस कारण दुकान का सारा काम अमरसिंह को ही करना/करवाना होता था।

ऐसी ही चिन्ता में जाने कब नींद आयी और कब आँख खुल गयी। शायद आधी से अधिक रात बीत चुकी होगी। चारों ओर ख़ामोशी छायी थी। रसोई के

पास के छोटे कमरे से मित्तू के धीमे खर्राटों की आवाज़ सुनकर चौंक गया। जाने वह काम निपटाकर कब सोया था। मिट्ठू आया भी या कहीं बाहर किसी के घर रात बिता रहा था—यह भी क्या पता!

अमरसिंह ने उठकर बत्ती जलायी तो देखा अभी दो बजकर कुछ ही मिनट हुए थे। बत्ती बुझाकर फिर सोने का प्रयत्न किया, परन्तु आँखें बन्द नहीं हो पायीं। लेटे, करवटें बदलते जाने कितना समय बीत गया होगा, जब वह बूट, पगड़ी पहन, दबे पाँव घर से बाहर आ गया। फिर धीरे-धीरे दुकान की ओर चल दिया।

और अब उसे साँझ तक निपटानेवाले काम के सिवा कुछ भी याद न था।

आठ

माखी सब्ज़ी लेकर आया तो बोला, "बुआ, आज बाज़ार में प्रीतू मिला था। कहने लगा आज शाम को हमारे साथ यहाँ रोटी खाएगा।"

"क्या पता उसका!" सोनी ने कहा। "कितनी बार पहले भी कह चुका है, कभी आता भी है। वह तो जाने कौन सी लाम (जंग) पर गया रहता है कि आने की फुर्सत ही नहीं मिलती!"

"नहीं बुआ! आज तो वह ज़रूर आएगा।"

"तुझे कैसे पता कि वह आएगा?"

"कह जो रहा था।"

सोनी हँसने लगी। उसे लगा माखी अभी बच्चा ही तो है, इन सभी बातों को कैसे समझ पाएगा।

साँझ ढलते ही सोनी ने रोटी की तैयारी शुरू की तो बैंगन का भरता और मटर वाले नमकीन चावल भी, जाने कैसे, बेध्यानी से ही, बना लिये। जब रोटी तैयार कर ली तो माखी से कहा कि जाकर गली में पता करे कि प्रीतू अभी तक क्यों नहीं आया। वह उसी समय बाहर भाग गया; परन्तु सोनी को अपनी बात पर हैरानी हुई कि गली तक उसे भेजने का क्या अर्थ हुआ। माखी तो कुछ देर में लौट आया परन्तु प्रीतू नहीं आया। भूख तो सभी को लगी थी परन्तु सोनी ने किसी को रोटी नहीं दी।...ऐसा इन्तज़ार कितना मुश्किल होता है, इसका अनुभव तो बहुत था, परन्तु प्रीतू का इन्तजार शायद पहली बार कर रही थी। ऐसा क्यों था, यह भी जान नहीं पायी।

गहरी शाम ढले प्रीतू आया तो वह अधिक हैरान हुई। पूछा, "क्या तू खेतों को पानी देने चला गया था जो इतनी देर हो गयी?"

"नहीं जी! बस ऐसे ही जी! ..."

प्रीतू को उत्तर नहीं सूझ पाया। उसकी दुविधा, संकोच और चेहरे पर छायी लालिमा देखकर सोनी को हँसी आयी पर वह हँस नहीं पायी। माखी को रसोई से सभी बर्तन और दाल, चावल, सब्ज़ी, रोटी सभी उस कमरे में लाने को कहा, जहाँ कभी अमरसिंह ने अपना स्टूडियो बनवाया था। बच्चों समेत सभी ने ख़ूब भरपेट रोटी खायी और बहुत-सी बातें कीं। सोनी अधिक बोलती रही, प्रीतू केवल हाँ-हूँ करता रहा।

"अच्छा, आज तू इधर ही सो जाना प्रीते!"

"जी?...घर, माँ इन्तज़ार करेगी।"

"क्यों, माँ ने तुझसे चक्की पिसवानी है क्या?"

माखी इस बात पर ख़ूब हँसा, परन्तु प्रीतू नहीं हँस पाया। गुमसुम-सा खड़ा रहा। दोबारा कुछ कहने का साहस भी न हुआ।

"मैं तेरा बिस्तर उसी कमरे में लगवा देती हूँ जहाँ खाना खाया है। वहाँ आराम से सोना। कोई तुझे नहीं जगाएगा। अच्छा!"

प्रीतू कुछ भी नहीं बोल पाया। सोनी आँगन की रोशनी की बत्ती में देखती कुछ हैरान भी हुई कि वह कुछ ही समय में जवान हो चुका था। मूँछ-दाढ़ी की कुछ भूरी-काली लकीर से उसका गोरा चेहरा और भी सुन्दर लगने लगा था। क़द लम्बा हो गया था और सभी अंग और अधिक सुडौल तथा सुन्दर दिखने लगे थे। कुर्ते, पायजामे और सीधी-सादी पगड़ी में भी वह आकर्षक दिखाई दे रहा था।

"माखी, स्टोर से बिस्तर निकालकर दीवान पर लगा, प्रीतू यहीं सोएगा।" सोनी ने जैसे आदेश दिया तो प्रीतू फिर भी कुछ नहीं कह पाया। इसके बाद वह स्वयं ही स्टोर की ओर जाते बोला, "बिस्तर तो मैं लिये आता हूँ जी।"

सोनी मुस्कराने लगी। फिर अचानक ध्यान आया कि प्रीतू तो कई साल से उनके घर आ रहा है, परन्तु उसने कभी सोनी को किसी रिश्ते से सम्बोधन नहीं किया। न भाभी, न चाची, न बहन कभी कुछ भी नहीं कहता था। केवल 'जी' या 'बीबी जी' कहकर बुलाता था। न सोनी ने ही माखी की तरह से उसे अपना भाई भतीजा समझकर कुछ कहा था। ऐसा स्वाभाविक था या कोई मानसिक दुविधा—इसका निर्णय कोई कैसे करे!

कुछ समय के बाद सोनी ने दूध पिलाकर दोनों बेटियों को कमरे में सुला दिया, तब तक माखी और प्रीतू भी अपने-अपने कमरे में जाकर लेट गये थे। प्रीतू ने कमरे की बत्ती बुझा दी। परन्तु आँगन की बत्ती की रोशनी उसके कमरे में पड़ रही थी।

सोने से पहले न जाने क्यों प्रीतू के कमरे के दरवाज़े के पास जाकर उसे देखने लगी। फिर जाने क्या सूझी कि उसी तरह पूछ लिया जैसे अमरसिंह से पूछ लिया करती।

"प्रीतू, रात को पीने के लिए पानी नहीं चाहिए?"

"जी!...जी कुछ नहीं चाहिए।"

प्रीतू जैसे बौखलाया-सा उठ बैठा और सिर के झटके के कारण उसके बाल बिखर गये। जब वह मुँह दूसरी ओर कर बालों का जूड़ा कर रहा था तो सोनी मुस्कराकर दरवाज़ा बन्द करते लौटते हुए बोली, "यदि प्यास लगे तो रसोई में जाकर पी लेना, कहीं प्यासे मत लेटे रहना।"

प्रीतू तब भी कुछ नहीं बोल पाया। सोनी आँगन की बत्ती बुझाकर कमरे में आकर दोनों बेटियों के साथ लेट गयी। दूसरी सभी बत्तियाँ बुझा दी थीं। केवल एक मद्धिम रोशनी वाली हरे रंग की बत्ती जल रही थी। उसकी रोशनी भी जब आँखों में चुभने लगी तो उठकर वह भी बुझा दी। जब कुछ समझ नहीं पायी तो सभी कुछ भूलकर, सोने का प्रयत्न करने लगी, परन्तु नींद नहीं आयी।

फिर धीरे-धीरे आँगन की ओर से खिड़कियों से आती रोशनी बढ़ने लगी। एक-दो बार उठकर यह जानने का प्रयत्न भी किया कि रोशनी कहाँ से आ रही है, परन्तु कुछ समझ नहीं पायी। करवटें बदलते कितना समय बीत चुका था। आँखें खुली-की-खुली थीं। जब लेट नहीं पायी तो उठकर आँगन में चली आयी।

पूरब की ओर देखा तो हैरान रह गयी। आज तो पूर्णिमा की रात थी। चाँदनी से सारा आँगन फुलवाड़ी की भाँति खिला दिखाई दे रहा था। पल भर को उसका मन पुलकित हुआ, परन्तु प्रीतू के कमरे के किवाड़ की तरफ़ नज़र पड़ते ही मन बेचैन होने लगा। धीरे-धीरे क़दम जैसे स्वयं कमरे की ओर बढ़ने लगे। जैसे-जैसे किवाड़ों के पास आती गयी, सिर से पाँव तक प्रत्येक अंग जैसे जलने लगा हो। (एक-दो बार आँखों के आगे अँधेरा भी छा गया।) एक बार पाँव इतने उखड़े कि दीवार का सहारा लेकर ही गिरने से बच पायी।

...और जब किवाड़ों के बहुत पास आ गयी तो एक बार पाँव फिर डगमगाने लगे। कुछ क्षण तो हाथ भी नहीं उठा पायी। परन्तु जब दायें हाथ की उँगलियाँ किवाड़ से छू गयीं तो लगा जैसे बिच्छू ने डंक मारा हो। हाथ में इतना भी बल नहीं था कि स्वयं ही भिड़ाये किवाड़ों को हाथ से धक्का देकर खोल पाती। कुछ क्षण वहीं खड़ी रही तो टाँगें काँपने लगीं। किवाड़ को छूने वाला हाथ भी बेजान हो गया था, दोबारा उठ नहीं पाया। धीरे-धीरे पाँव पीछे खिसकने लगे तो लगा कि चल नहीं पाएगी। अपने कमरे की दीवार थोड़ी दूर थी। दो-तीन लम्बे डग भरते दीवार का सहारा लेकर, मुश्किल से कमरे के दरवाज़े तक पहुँच पायी, और पलँग पर निढाल होकर गिर पड़ी। बेकाबू हुई आँखों ने आँसुओं की झड़ी लगा दी।

आहिस्ता-आहिस्ता हटकोरे भरने लगी। फिर इतनी रुलाई आयी कि मुँह पर भी बस नहीं रहा; रोने लगी।

'ओह, यह क्या हो गया था मुझे।' हटकोरे थमते ही उसने मन से बात की तो कोई उत्तर नहीं सूझ पाया। (इतना ख़याल ज़रूर मन में आया कि जानबूझकर दोनों लड़कों को अलग-अलग कमरे में सुलाया था, तो क्या मन में मैल पहले ही थी?...)

ऊँघे लेटे जाने कितना समय बीत गया कि आँखों का पानी नहीं सूख पाया।

नौ

एक-एक दिन करके दिन बीतने लगे, परन्तु अमरसिंह न स्वयं आया और न ही उसका कोई पत्र मिला। दिन जैसे-तैसे बीत जाता, परन्तु रात लाख प्रयत्न करने पर भी नहीं बीत पाती। इतनी लम्बी रातों का अहसास उसे पहली बार हुआ था। करवटें बदलते अंग-अंग दुखने लगता। आँखों में हर समय दर्द रहने लगा था। सुबह उठकर काम करने लगती तो हाथ में उठाया बर्तन कपड़ा, यहाँ तक कि हल्का चम्मच भी देर तक हाथ में न रह पाता; गिर जाता।

पिछली रातों की भाँति उस रात भी नहीं सो पायी थी। दीवार पर टँगी घड़ी की 'टिक टिक' सिर में हथौड़े की तरह से बजने लगी थी। जब एक, दो, तीन, ग्यारह बार घड़ी की घण्टी बजी तो दोनों हाथों से कान ढाँप लिये। फिर आधे घण्टे के बाद बजनेवाली और उसके आधे घण्टे के बाद बारह घण्टियों की आवाज़ का ख़याल करके अभी से मन भयभीत होने लगा। मन हुआ कि घड़ी को नीचे गिराकर तोड़ डाले। परन्तु ऐसा भी नहीं कर पायी। जब घड़ी का ध्यान कम हुआ तो मन कुछ शान्त लगा। लेटे-लेटे आँगन की खिड़की से बाहर देखा। अँधेरे के सिवाय कुछ नज़र नहीं आया। उसके बाद घड़ी की आवाज़ भी सुनाई नहीं दी। लगा—मन जैसे पत्थर हो गया था।

जाने रात कितनी बीत चुकी थी, जब ऐसे लगा कि किसी ने गली के दरवाज़े पर दस्तक दी है। उठकर बैठ गयी तो आहट फिर सुनाई दी। उठकर बाहर आ गयी। आहट फिर सुनाई दी तो जैसे भागकर दरवाज़े के पास चली गयी। चौथी बार दस्तक होने से पहले ही किवाड़ खोल दिये। लगा वही था : साधारण कद, सुन्दर पगड़ी...और मुस्कराता गोरा, गोल चेहरा।

उसने भीतर आकर किवाड़ बन्द करना चाहा तो कुण्डे को पकड़े सोनी के हाथ से उसका हाथ छूह गया। वह भय से काँप उठी। हाथ बर्फ़ जैसा ठण्डा था। कुण्डा अभी ठीक से बन्द न किया था कि सोनी बेसुध होकर लुढ़क गयी। गुरकीर्त ने बाँहों में थाम ली। बच्चों की तरह उठाये उसे साथ के उसी कमरे में ले आया जहाँ पिछले दिन प्रीतू सोया था। दीवान पर ठीक से लिटाकर, सोनी के पाँवों के तलुओं और हथेलियों की मालिश करने लगा। कुछ देर बाद लगा जैसे होश आ गया हो।

"अब कैसी हो सोनी?" उसने मुँह के पास मुँह करके धीमी आवाज़ में पूछा।

"क्या!"

"अब तकलीफ़ कैसी है?"

परन्तु फिर वह नहीं बोल पायी। गुरकीर्त ने पहले सोनी का माथा सहलाया, फिर धीरे-धीरे उसके गालों, ठुड्डी तथा होठों पर उसने कोमल भाव से उँगलियाँ फेरीं कि सोनी का मन शान्त होने लगा, जैसे उसे नींद आ रही हो। उसकी उँगलियाँ बहुत कोमल थीं। जब उसका स्पर्श छाती पर महसूस हुआ तो सोनी की बाँहें स्वयं ही ऊपर उठ गयीं और धीरे-धीरे उसके अंग दूसरे कोमल अंगों में समाने लगे... कोमल काया, आकाश में पूर्णिमा के चन्द्रमा की भाँति स्थित हुई जान पड़ी...फिर बादलों के ऊपर पक्षी की तरह...पंख फैलाये उड़ती...तैरती महसूस हुई!...

कुछ देर बाद अचानक सोनी को लगा जैसे आकाश में लुढ़कती किसी गहरे गड्ढे या पाताल में गिर गयी हो। सारे अंग चारों ओर बिखरे जान पड़े। परन्तु अभी तक उसके होठ शायद बचे रहे थे जिन पर दो और कोमल होंठों का स्पर्श था। इस स्पर्श का अहसास जाने कैसा था कि बिखरे अंगों में भी किसी अलौकिक आनन्द की अनुभूति होने लगी!...

और तभी वह झटके से उठकर बैठ गयी। गुरकीर्त अचानक सोनी के चेहरे को अँधेरे में देखा तो भयभीत होकर उठने लगा। सोनी ने ज़ोर से उसे धक्का देकर गिरा दिया। उसने उठकर जब उसे आलिंगन में लेना चाहा तो वह दीवान के दूसरी ओर लुढ़क गयी। उसने धीरे से सँभालकर सीधा लिटा दिया। देखा—हाथ-पाँव फिर ठण्डे हो गये थे। वह भयभीत होकर काँपता, घबराया हुआ दरवाज़े की ओर लपका और धीरे से किवाड़ खोलकर गली में आ गया। फिर किवाड़ भिड़ा दिये। चोर की भाँति इधर-उधर देखते, तेज़ क़दमों से घर से दूर होता चला गया। परन्तु वह यह नहीं जान पाया कि उसके दरवाज़े तक आते-आते सोनी ने उठकर चारों ओर देखते जब अपने कमरे की ओर जाने का प्रयत्न किया तो बेसुध होकर दीवान पर इतनी बुरी तरह गिर गयी थी कि उसके सिर का पिछला हिस्सा दीवार से टकराने के कारण वहाँ से ख़ून बहने लगा।

फिर जाने सुबह उसे कब होश आया, वह तभी जान पायी कि दीवान के ऊपर बिछायी चद्दर का एक हिस्सा ख़ून से सना था। यह सब कैसे हुआ। कुछ भी नहीं जान पायी। यह जैसे भयंकर स्वप्न था। फिर चद्दर को गुसलखाने में ले जाकर फेंक दिया। जब सिर बुरी तरह दर्द करने लगा, तभी वह जान पायी कि सिर के पीछे कितना बड़ा जख़्म था।

दस

घर चिट्ठी लिखे कितना समय बीत चुका था। आज-कल करते दो सप्ताह हो गये होंगे, फुर्सत ही नहीं मिली। काम पहले से अधिक था। कई दिनों से मिट्ठू भी दुकान पर नहीं आया; उसे 'ऊपर के काम' बहुत रहने लगे थे। इसी कारण दुकान की सारी जिम्मेवारी अमरसिंह को सँभालनी पड़ रही थी। सुबह से शाम तक काम करने-करवाने में ही व्यस्त रहता था, समय कैसे मिल पाता।

आज कुछ अधिक थक जाने के कारण दुकान के अन्दर ही कुर्सी पर बैठे, अपनी आदतानुसार सड़क पर आते-जाते लोगों को देख रहा था। (दुकान पर काम करनेवाले लड़के जा चुके थे।) सबसे पहले उसे काले-कलूटे घुँघराले बालोंवाले अफ्रीकन दिखाई दिये (जिन्हें आम लोग 'हब्शी' कहते थे)। उनके बाद दो-तीन लम्बे कद के विदेशी जा रहे थे। उनके बाद स्कूटर पर एक नौजवान, किसी लड़की को पीछे बिठाये दिखाई दिया जो पल-भर में स्कूटर को तेज़ भगाते उन गोरे-कालों के पास से ऐसे निकल गया जैसे उन्हें चिढ़ाना चाहता हो। (अमरसिंह को लगा कि शायद 'आज़ाद' होने के घमण्ड में ऐसा कर रहा होगा। वह मुस्करा दिया।) परन्तु इन सभी लोगों के कपड़े, बाल, चाल-ढाल सब-कुछ ऐसा लगा जैसे वह अपने प्रान्त की राजधानी में नहीं, किसी 'और देश' में आ गया हो।

फिर ऐसा अहसास भी हुआ कि यहाँ की दुनिया कितनी तेज़ी से बदल रही है। जब पहले-पहल इस दुकान में आया था तो यह इलाक़ा बहुत वीरान था। परन्तु इतने समय में ही इतने मकान, दुकानें, सड़कें तथा बिजली के खम्भे जाने कहाँ से उग आये थे। इन पढ़े-लिखे लोगों तथा शाम ढलते ही जग गयी दूधिया बत्तियों को

देखते उसे कुछ सन्तोष हुआ। (जो पहले कभी कम ही हुआ था।) यह क्यों था इसके बारे में सोच नहीं पाया। दस-बारह घण्टे के लगातार काम से वह थक चुका था। अब सोच पाने की भी स्कत नहीं थी।

यहाँ कुछ देर बैठने का मन हुआ तो नज़दीक की दुकान पर चायवाले को चाय भेजने के लिए कहकर लौट आया। चाय आते और उसके धीरे-धीरे पीते इतना समय बीत गया कि आसपड़ोस के दुकानदार शटर गिराने लगे थे। जैसे ही बन्द दुकानों की बत्तियाँ बुझने लगीं, अमरसिंह को लगा, जैसे वह 'अकेला' रह गया हो। (कुछ समय से उसे सूनापन तथा एकान्त अधिक बुरा लगने लगा था।) चाय अभी पूरी पी नहीं होगी कि मन ऊब गया। बच गयी चाय का गिलास कुरसी की दायीं ओर पड़े, रंगों से पुते, स्टूल पर रख दिया।

"अभी तक यहीं बैठे हो मास्टर!" बाहर से आवाज़ सुनी तो देखकर हैरान हुआ कि मिट्ठू था। उसने मोटरसाइकिल की आवाज़ दूर से बन्द कर दी थी जिस कारण पता ही नहीं चला कि वह कब दुकान के सामने आ गया था।

"आओ! आओ, मेरी मोतियोंवाली सरकार, आओ!" अमरसिंह उसे देखकर मुस्करा दिया।

मिट्ठू जब उसकी दायीं ओर रखे स्टूल पर बैठने लगा तो अमरसिंह ने चाय का गिलास उठाते हुए कहा, "चाय पियोगे साहब बहादुर?"

"छोड़ो यार, कैसी फ़िज़ूल की चीज का नाम लेते हो!" मिट्ठू ने भौंहें सिकोड़ते कहा, "भला चाय भी कोई पीने की चीज है। इस सुहाने मौसम में कोई व्हिस्की, रम की बात कर, जो खाने-पीने की चीजें हैं!"

अमरसिंह ने देखा—मिट्ठू ने सिल्क जैसे कपड़े की नयी कमीज़ और नीली पैण्ट पहन रखी थी। कमीज़ आधी बाँह की थी, जिससे उसके आधे, सुडौल भुजदण्ड ऐसे दिखाई दे रहे थे जैसे वह कोई खिलाड़ी हो। चेहरा भी निखरा हुआ था। मूँछें और बाल भी अलग ढंग से कटवाये थे। (पहले तलवार-सी मूँछ कटवाता था, आज बड़ी और चपटी बनवायी थीं।)

"आज तो कुछ और ही बना फिरता है यार तू!" अमरसिंह ने बायें हाथ के पिछले हिस्से से अपनी थोड़ी कटी मूँछों को ठीक करते कहा तो मिट्ठू जाने क्या सोचकर ठहाका लगाकर हँसा।

"हाँ हाँ, तू ठीक कहता है मास्टर! आज किसी बड़े घर से वोदका पीकर आया हूँ। दुनिया में मशहूर है वोदका। यह रूसी शराब है। इधर हमारे यहाँ कहीं नहीं मिलती। और नशा...उसका तो कुछ न पूछो यार!"

फिर उसे न जाने क्या सूझी—हँसते-हँसते कहा, "मास्टर! अगर वे लोग देखें तो ख़ूब तमाशा बने। उनको ऐसी बातों का बहुत शौक है।"

"कैसी बातों का?"

"यही जैसे तुम अपने ख़्याल में दोनों मूँछों पर हाथ फेरते उसे ठीक करते हो, पर बायीं मूँछ के बाल उलटी ओर घसीट ले जाते हो; दायीं तो ठीक रहती है। और यह जो तुम्हारी आदत है न—खड़े-खड़े बायीं कोहनी से, लुढ़की पैण्ट को ऊपर उठाते हो; फिर बिना जाँच किये कि यह लड़का है कि लड़की झट से आँख मार देते हो। ब्रश चलाते जीभ को घुमाकर दाँतों में चबाने लगते हो, और होठों के बीच बाहर ऐसे दिखाई देने लगती है जैसे कौए की चोंच में मुर्ग़े की कलेज़ी का टुकड़ा फँसा हो..."

"बस-बस! अब और मत बोल। उस्ताद से सब उलटी बातें ही सीखी हैं या कोई सीधा गुर भी सीखा है!"

अमरसिंह ने कहकहा लगाया, परन्तु मिट्ठू नहीं हँसा। उसने धीरे से कहा, "सीधे काम नहीं सीखे होते तो आज यहाँ तक कैसे पहुँच पाता, बड़े उस्ताद जी!"

अमरसिंह को उसका तर्क जँचा, परन्तु शब्द 'वे लोग' काँटे की तरह हृदय में चुभ रहा था।

"यह 'वे लोग' कौन हुए भई!" मुस्कराते हुए अमरसिंह ने पूछा।

"वे लोग यानी जहाँ हमें चलना है—यानी लाल चेहरे, भूरी आँखों और भूरे बालोंवाले गोरे, यानी अँग्रेज, इंग्लैण्ड के बाशिन्दे!"

"यह साले अँग्रेज़ कहाँ से आ गये हमारे बीच भई!"

"उन्हें आये तो दो सौ साल हुए। हमें लूट-पाट और कूट-मारकर चले भी गये थे, परन्तु साले पीछा अब भी नहीं छोड़ते। कहते हैं हम आपके बिना नहीं रह सकते। आओ, हमारी मेमों के साथ आकर डांस करो, वे हिन्दुस्तानी ख़ासकर पंजाबी लोगों को बहुत प्यार करती हैं!'

अमरसिंह उसकी बेसिर-पैर की कोई बात समझ नहीं पा रहा था। उसे अपनी ओर एकटक देखते हुए मिट्ठू ने जान लिया कि वह उसका इशारा नहीं समझ पाया।

"तो सुन मास्टर! माँ-बदौलत, यानी मिट्ठू सिंघ लखनपाल, बहुत जल्द अँग्रेजों के देश, यानी इंग्लैण्ड जा रहा है। वहाँ पहुँचकर आपको—यानी हमारे उस्ताद को भी बुलाने का इन्तजाम करेगा। हम दोनों अपना वहाँ एक बड़ा स्टूडियो बनाएँगे और जैसे वे बन्दरमुँहें हमें लूटते रहे, उसी तरह अब हम उनको लूटेंगे। अब आयी बात समझ में या नहीं?"

अमरसिंह कुछ भी नहीं समझ पा रहा था कि मिट्ठू क्या कह रहा है। वह जो ऊटपटाँग बोल रहा था वो मज़ाक़ थीं या सच भी था। पहले कभी उसने ऐसी अच्छी-भली चंगी दुकान को छोड़कर कहीं जाने की कोई बात नहीं की थी। आज अचानक उसे यह कैसे सूझी।

"मास्टर, तू तो जैसे अँधेरे में खो गया है। तू जानता है कि तेरा यह छोटा

भाई, तेरा शागिर्द, यह मिट्ठा, पंखों की डालें नहीं बनाता, 'प्रैक्टिकल' आदमी है—ले देख!"

मिट्ठू ने अपनी पैण्ट की पिछली जेब से निकालकर एक छोटी-सी कॉपी उसकी ओर बढ़ा दी जिसकी नीली-सी ज़िल्द के ऊपर तीन शेरों के स्तम्भ की सुनहरी तस्वीर थी। धीरे-धीरे खोलकर देखी तो उसके पहले पृष्ठ पर मिट्ठू का फोटो और उसका नाम, पिता का नाम तथा घर का पूरा पता और कुछ और जानकारी भी लिखी हुई थी। धीरे-धीरे सब पढ़ते कभी मिट्ठू और कभी पकड़े पासपोर्ट की ओर देखते वह जैसे घबरा गया था। परन्तु मिट्ठू उसकी घबराहट देखकर मुस्करा रहा था।

"क्यों, अभी भी सच नहीं लग रहा क्या?" मिट्ठू ने मुस्कराते हुए पूछा।

"यह सब तूने कैसे किया, कब किया, और कब यह सारी स्कीम बनायी, कभी नहीं बताया तूने। बहुत हैरानी की बात है।"

"इसमें पहले से बताने वाली कौन-सी बात थी! तुम अच्छी तरह जानते हो कि आपका यह शागिर्द कभी पीछे मुड़कर नहीं देखता। फिर इसमें हैरानी की कौन-सी बात है भला?"

अमरसिंह को उत्तर नहीं सूझ पाया। कुछ क्षण चुप रहा, फिर अपनी चिन्ता उससे कह दी।

"यहाँ का इतना बड़ा काम कैसे सँभाला जाएगा यार?"

उस्ताद की बात सुनते ही मिट्ठू ने फिर कहकहा लगाया।

"वाह उस्ताद! नानाजी से बहुत कुछ सीखा और गुरवाणी भी पढ़ता रहा, अभी तक इतना नहीं जान पाया कि यह आदमी, यानी प्राणी, यानी जीव जैसे इस संसार में ख़ाली हाथ आया है वैसे ही जाएगा—बिलकुल खाली हाथ!"

"तू अधिक मत बोल; सीधी बात बता।"

"कुछ भी उलटा मैंने नहीं कहा उस्ताद। जाने से पहले तेरा पासपोर्ट बनवाकर ही जाऊँगा। दुकान की कमाई का एक पैसा भी साथ लेकर नहीं जाऊँगा, सब-कुछ तुम्हारे ही हाथ में रहेगा। वहाँ जाकर पहले अपने पाँव जमाऊँगा, हज़ारों पाउण्ड कमाऊँगा। जब इसी तरह पूरा जुगाड़ वहाँ बना लूँगा, जैसे तेरे यहाँ आने से पहले बना लिया था, तो तुझे टेलीफ़ोन करूँगा। अगर मेरे साथ लम्बी उड़ान लगाना चाहोगे तो हवाई जहाज़ से यहाँ से, मेरे पास आठ घण्टे में पहुँच जाना। अगर चमगादड़ की तरह यहीं लटकना चाहोगे तो आपकी मर्ज़ी—मैं गोद में उठाकर ले तो नहीं जाऊँगा। आप बड़े पेण्टर हैं, कोई दूधपीते बच्चे तो हो नहीं! मैंने ठीक कहा न!"

और मिट्ठू उसी समय उठकर खड़ा हो गया। उसकी बाँह पकड़कर बोला, "आओ अब घर चलें, आप बहुत थक गये होंगे।"

अमरसिंह सचमुच कुछ समझ नहीं पाया। उसे लगा कि वह भी अभी तक बाबा मिलखा के पीछे-आगे कन्धे पर बोरा रखे, गलियों में हुंकार लगाने वाला किशोर आयु का लड़का था, जिसे 'इस संसार' का कुछ भी पता नहीं था।

तभी वे दुकान से बाहर जाने लगे तो मिट्ठू के पाँव लगने से चाय का गिलास टूट गया और चाय रंग से लथपथ फ़र्श पर दूर तक बिखर गयी। अमरसिंह सोचने लगा–यह कोई अपशकुन था या शुभ। परन्तु यहाँ भी कुछ समझ न पाया।

ग्यारह

देखते ही देखते मिट्ठू ने एक सप्ताह के अन्दर ही सारी तैयारी कर ली। दिल्ली जाकर हवाई टिकट आदि का भी प्रबन्ध कर आया और दूसरे दिन उसे चले जाना था। यह उसकी आख़िरी रात थी यहाँ।

बहुत रात गये वह लौटा तो थकावट से चूर था। मित्तू और अमरसिंह उसके इन्तज़ार में बैठे थे। वह आते ही अमरसिंह के कमरे में गया और मुस्कराते हुए कहा, “लो मास्टर आज हमारा आख़िरी सलाम मंजूर करो। अब तो जाने फिर कब मिलें! वारस शाह ने कहा था न—भलां मोये ते बिछड़े कौण मेले, कौण गयां नूं मोड़ लियांवदा ई!”

जब वह अपने बूट उतार रहा था तो अमरसिंह ने उसकी ओर हैरानी से देखा। मिट्ठू उसी के ही बिस्तर पर लेटते हुए ऐसे बोलने लगा जैसे उसे अमरसिंह के मन में आने वाले प्रश्न का पहले से ही पता हो।

“देखो उस्ताद जी! पहली बात तो यह कि दिल्ली जाते समय मैं माँ के पास भी गया था। उसे पैसे भी दिये और सारी बात से आगाह भी कर दिया। जैसे होता है, वह रोयी भी। मैंने अपना फ़र्ज़ समझ उसे चुप करवा दिया।...ब्याह के बारे में जो चिन्ता उसे थी, मैंने उसका भी निपटारा कर दिया। कह दिया—माँ, वहीं कोई लड़की ढूँढ़कर ब्याह कर लूँगा। वह भी कमाएगी और मैं भी। साल-छह महीने बाद तुमसे मिलने भी आया करेंगे। यदि तू कभी वहाँ चलना चाहे तो तुझे भी साथ ले जाएँगे। बाक़ी भाई-बहनों की जो जिम्मेवारी मुझ पर होगी, वह मैं निपटा दूँगा। बस तू चिन्ता मत करना।”

फिर एक क्षण चुप रहकर उसी तरह बोलने लगा। “और अब रही दूसरी बात।

तेरी एप्लीकेशन भरकर, सब जगह दस्तख़त करवाकर पासपोर्ट अफ़सर को दे दी है। पता नहीं तुझे याद है कि नहीं, उसकी फ़ीस भी दे आया था। दो सप्ताह के अन्दर वहाँ से पासपोर्ट ले आना। वैसे उसकी भी ज़रूरत नहीं, मेरी एक चिट्ठी लेकर तुम लन्दन आ सकोगे। छह महीने बिना किसी मुश्किल के वहाँ रह सकते हो। फिर जैसा भी ठीक समझो, करना। कोई मुश्किल हो तो वहाँ यू.के. के हाई कमीशन में एक बाबू हैं, मेघराज सिंगला। वह अपना बहुत गहरा मित्र है। उसके पास चले जाना। हर बात बता देगा। कोई भी अड़चन नहीं आने देगा। और कोई बात पूछनी हो तो पूछो।"

अमरसिंह की जीभ नहीं हिल पायी। उसके बिस्तर पर लेटा मिट्ठू उसे अपना मित्र नहीं, ऐसा कोई जादूगर लगा जो पीतल के दीये को घिसकर किसी जिन्न को निकाल सकता था; और उसके सभी काम करवा सकता था—जो अमरसिंह को आज तक असम्भव लगते थे।

मिट्ठू को वह दिल्ली विदा करके लौटा तो लगा जैसे इतने बड़े शहर में वह अकेला रह गया हो। जैसे कोई बच्चा किसी घने जंगल में खो गया हो। चारों ओर अन्धकार दिखाई देने लगा। एक सप्ताह तक तो वह कोई भी काम नहीं निपटा पाया। जब मन बहुत उदास होता तो नानाजी की शिक्षानुसार, धीरे-धीरे उनकी बतायी एक पंक्ति गुनगुनाने लगता।

दावाग्नि बहुत त्रिण जारे।
कोई हरिया बूट रहियो री!

वह बार-बार सोचता कि क्या आदमी की यही नियति है? नानाजी बताया करते थे कि गुरवाणी में यह प्रश्न आदमी से किया गया है। सतगुरु पूछते हैं कि ऐ आदमी, अपनी ही आग से जल रहे संसार, यह तो बता कि इस संसार की मायाग्नि से यहाँ कोई हरा-भरा पौधा बचा भी रह पाया है? यदि नहीं रह पाया तो ऐ प्राणी, तू सोच कि तू इससे कैसे बच पाएगा!

नानाजी की सभी बातें सत्य होते हुए भी उसे कभी पूरी तरह समझ न आयीं। जो कुछ याद रहा, बाक़ी बचा, वह तो बाबा मिलखा की शिक्षा थी, जिस पर चलते आज यहाँ तक आ पहुँचा था। जो सदियों तक इस देश में राज करता रहा, मिट्ठू अब उसके राज्य में पाँव फैलाएगा!

फिर कुछ दिन बाद जैसे सभी कुछ ठीक-ठाक चलने लगा—जैसे मिट्ठू के होते चल रहा था। उसका अकेलापन भी अब उदास नहीं कर पा रहा था। उसके अतिरिक्त

वह यह भी सोच रहा था कि जो कमाई का आधा (या कम-ज़्यादा) मिट्ठू की जेब में चला जाता था अब पूरे का पूरा उसकी जेब में आएगा।

अभी तीन-चार सप्ताह ही बीते होंगे कि मिट्ठू की चिट्ठी आ गयी। ध्यान से पढ़ने लगा।

सतिकारयोग उस्ताद जी,

मैंने यहाँ पहुँचते ही बहुत से पंजाबी भाइयों से सम्पर्क किया था और इसी कारण एक फैक्टरी में काम मिल गया था। आठ घण्टे काम करके घर लौट आता हूँ। घर दो कमरे का है। एक कमरे में अपना स्टूडियो बना लिया है। अभी केवल पंजाबी, गुजराती और कुछ और भारतीय लोगों के बड़े-बूढ़ों के चित्र बनाता हूँ। अच्छा पैसा मिल जाता है। सोचता हूँ कि नौकरी छोड़कर अपनी दुकान करूँ, परन्तु उसमें अभी कुछ मुश्किलें हैं। आपकी कृपा से सब-कुछ ठीक हो जाएगा। चिन्ता की कोई बात नहीं।

और सब ठीक है, परन्तु मैं अपना वादा नहीं भूला हूँ कि तुम्हें भी यहाँ बुलवाना है। चाहे कैसे ही बुलवाऊँ तुम यहाँ अवश्य आओगे। यह मेरा प्रण है।

बाक़ी सब राजी-ख़ुशी है। आपकी राजी-ख़ुशी भगवान से नेक चाहता हूँ। सभी लड़कों को मेरी याद कहना।

बहुत आदर के साथ आपका,
मिट्ठू सिंघ लखनपाल

चिट्ठी को कई बार पढ़ते अमरसिंह को लगा कि वह भी पंखों पर उड़कर मिट्ठू के पास अवश्य पहुँचेगा और बाबा मिलखा की भविष्यवाणी को सच करके दिखाएगा।

एक दिन सुल्तान अकबर, सुबह-सवेरे ही गर्दन अकड़ाये ऐसे आ खड़ा हुआ जैसे घर से ही लड़ाई करने के लिए तैयार होकर आया हो।

"उस्ताद जी, हमारा हिसाब चुकता कर दीजिए!"

बोलते समय उसके चेहरे के दाग़ अधिक दिखाई दिये और अकड़ायी गर्दन को देखकर अमरसिंह ने हँसते हुए कहा, "तू हिसाब चुकता करने आया है या मुझे मारने।"

सुल्तान ने कोई उत्तर नहीं दिया। उसी तरह गुस्से में खड़ा रहा।

"क्या बात है? काम से मन भर गया है या कोई और बात है?"

"ऐसी कोई बात नहीं जी। आप हिसाब कर दीजिए मेरा..."

"अगर कोई ऐसी बात नहीं तो ऐसे अकड़ क्यों रहा है, जैसे मैं तेरा नहीं

तेरे दादा-परदादा का कर्ज़दार हूँ और तू उनका भी हिसाब चुकता करने आया है!"

"आप कुछ भी समझो पर अब हम आपके पास काम नहीं करेंगे।"

"अरे काम करने को कौन कहता है, मेरे भाई! पहले तू यह बता कि यह भागने का ख़्याल तेरे मन में कैसे आ गया?"

"कोई ख़्याल नहीं आया, पर अब हम यहाँ नहीं रह सकते, आपके पास!"

"काम ज़्यादा है क्या या कोई तकलीफ़ है? कम-से-कम इतना तो बता दे मेरे बेटे!"

"क्या बताएँ जी! पहले आप डेढ़ सौ महीना दिया करते थे। जब से छोटे उस्ताद चले गये हैं, आपने एक सौ पच्चीस देना शुरू कर दिया है। काम आप आठ घण्टे के बजाय दस-ग्यारह घण्टे लेने लगे हैं। यह तो सीधी-सीधी बेईमानी है हमारे साथ जनाब! हर मालिक नौकर की कमाई खाता है, हमें ऐक्सप्लायट करता है। ऐसा हम नहीं होने देंगे। हमारा हक़ हमें मिलना चाहिए, और हम कुछ नहीं कहेंगे।"

जब वह अकड़कर बोल रहा था तो अमरसिंह को लगा जैसे कोई मज़दूर नेता बोल रहा हो। उसने सोचा 'कल का छोकरा' एक भलेमानस की पगड़ी उछाल रहा है। ऐसा वह कैसे बर्दाश्त कर ले। उसे भी गुस्सा आ गया।

"अब तू चुप हो जा। अपनी नेतागिरी कहीं और दिखाना। सीधा-सीधा यह बता तेरा कितना पैसा है। अपना पैसा ले और चलता बन। बहुत बक-बक करने की ज़रूरत नहीं है। समझा!"

"डेढ़ सौ महीने का, पन्द्रह रोज़ का और।" सुल्तान की आवाज़ में अब भी वह अकड़ थी।

"अच्छा वो मिल जाएँगे। अब यह बता कि आज की दिहाड़ी लगाएगा या नहीं?"

"आज की दिहाड़ी तो क्या, हम एक मिनट भी यहाँ काम नहीं करना चाहते।"

"ठीक है। अभी सुबह पैसा नहीं मिलेगा, शाम को छह बजे आकर ले जाना। अब चलता बन। अधिक बोलने की ज़रूरत नहीं, समझा!"

क्षणभर में सुल्तान ऐसे पीठ मोड़कर चला गया जैसे उसका उस दुकान से कभी कोई वास्ता ही नहीं रहा हो। अमरसिंह ने ध्यान से देखा, वह बहुत दूर जा चुका था। सोचने लगा कि कैसे-कैसे लोग हैं इस दुनिया में। यह सोलह-सत्रह साल का छोकरा, एक तरफ़ तो इतना अच्छा पेण्टर था कि सभी काम केवल फ़ुर्ती से ही नहीं, बहुत सफ़ाई और महारत से करता था। कहीं किसी रंग की शेड भी कम ज़्यादा नहीं होने देता था। रंगों का मेल ऐसे मिलाता था कि अमरसिंह भी दंग रह जाता। परन्तु जिस तरह अकड़कर वह बात करता, दूसरे लड़कों पर रोब जमाता, और जब भी जी में आता सारा काम छोड़कर भाग जाता। पैसे-पैसे का पूरा हिसाब रखता। यह सब बातें अमरसिंह बर्दाश्त नहीं कर पाता था। वह चाहता था कि सभी

लड़के उसकी इज़्ज़त करें। उसे अपना माई-बाप या उस्ताद समझें। यदि एक ही जगह काम करते उस्ताद-शागिर्द आपस में मेलमिलाप न रखें तो यह क्या बात हुई।

एक और बात भी उसकी बुरी लगती थी। वह बार-बार 'ऐक्सप्लायटेशन' शब्द ऐसे बोलता जैसे अमरसिंह कोई खूँख़ार दरिन्दा हो और उसके शरीर की बोटियाँ काटकर खा रहा हो। इन्हीं कुछ कारणों से उसे सुल्तान, नानाजी के शब्दों में करेले जैसा कड़वा लगता, परन्तु गुणकारी।

"शाबाश बेटा, काम निपटाओ।" अमरसिंह ने बहुत प्यार से उन तीनों लड़कों से कहा जो काम करते समय, सुल्तान की ओर ऐसे देख रहे थे जैसे उसका गुस्सा और अकड़ उन्हें भी अच्छा लग रहा हो।

वह कुरसी पर बैठकर जब काम करते तीनों लड़कों को ध्यान से देखने लगा तो धीरे-धीरे वे तीनों एक-से दिखाई दिये। उनके सिर के बाल एक ही तरह कटे हुए थे। कमीज़ों के कालर, उनकी गर्दनों की चिपचिपाहट से एक-जितने ही मैले थे। काम करते उनके हाथ एक तरह से ही हिलडुल रहे थे और तीनों की पीठ एक-जैसी ही झुकी थी। उसे हैरानी हुई कि आज पहली बार उसे, पीछे से देखते वह सारे एक-से लग रहे थे। ऐसा क्यों था, यह वह नहीं समझ पाया।

उसने घड़ी की ओर देखा तो दस बज रहे थे। उठकर दुकान के पिछले स्टोर में गया और बड़ी अलमारी खोलकर उसके लॉकर से चेकबुक निकालकर, पैण्ट की पिछली जेब में रख ली। लॉकर तथा अलमारी बन्द की और चाबियाँ पैण्ट की आगे की जेब में रख लीं।

"सुनो बेटा! मैं काम से जा रहा हूँ, आध-पौन घण्टे में लौटूँगा, कोई आए तो बता देना कि उस्ताद जी ग्यारह बजे आएँगे। समझ गये न?"

"जी अच्छा!" मित्तू ने उसकी ओर मुड़कर देखते हुए कहा। अमरसिंह उसकी आवाज़ भी न पहचान पाया। (उसकी बिल्कुल अलग, मीठी, सुरीली आवाज़ भी सुल्तान अकबर जैसी रोबीली लगी।)

दुकान से बाहर आकर पहले स्कूटर पर जाने का ख़्याल आया, फिर पैदल ही चलना ठीक लगा। (उसे पैदल चलने की आदत तब से थी जबसे बाबा मिलखा के साथ गली-गली घूमा करता था।) पन्द्रह-बीस मिनट में जब बैंक पहुँचा तो देखा टोकन देने वाले बाबू के केबिन के आगे बहुत बड़ी क़तार लगी थी। सबसे पीछे खड़े होकर इन्तज़ार करने से यही ठीक लगा कि बरामदे में रखे बेंच पर बैठकर कुछ देर आराम कर ले।

बैठे-बैठे पैसे लेने आये लोगों की ओर देखने लगा। सबसे आगे एक मोटे-तगड़े आदमी पर निगाह पड़ी तो लगा जैसे वह अफ्रीकन था। यहाँ पर किसी विदेशी का क्या काम—यही सोच बाहर उस खुले मैदान की ओर देखने लगा, जहाँ सड़क से थोड़ा हटकर बूट पॉलिश करनेवाले तीन-चार लड़के बैठे थे। साड़ियाँ पहने कुछ अधेड़

उम्र की औरतें दायीं ओर के बड़े बाज़ार की ओर जा रही थीं। उनके हाथ में छोटे-छोटे पर्स थे। पॉलिश करनेवाले लड़के उन्हें देखकर ऊँची आवाज़ में 'बूट पॉलिश' पुकारते, हाथों में पकड़े लम्बे ब्रश उस लकड़ी की पट्टी पर मारकर खट-खट की आवाज़ निकाल रहे थे जिस पर पाँव रखवाकर वे पॉलिश करते थे। साथ ही वे आ-जा रही स्त्रियों को देखकर आपस में हँस-हँसकर जाने क्या बातें कर रहे थे, इतनी दूर से पता नहीं चल पाया। उसे यह सोचते कुछ हैरानी हुई कि यह छोकरे कैसे 'अलमस्त' हैं; किसी बात की परवाह ही नहीं। (इनके लिए शायद यह मस्ती का समय था, जैसे उसे बाबा के साथ गलियों में घूमते लगा करता।)

थोड़ा ऊबकर फिर लम्बी क़तार की ओर देखा तो सबसे आगे खड़ा लम्बा मोटा आदमी दिखाई नहीं दिया। इतनी जल्दी वह कहाँ गया, कुछ समझ नहीं पाया। अभी वह सोच ही रहा था कि काला-कलूटा आदमी चमड़े का काला बैग लेकर जैसे हाँफता हुआ उसके पास आया, और उसी बेंच पर बैठ गया जहाँ पर वह बैठा था। बैठते ही उसने बैग की ज़िप खोली और सौ-सौ रुपये की गड्डियाँ निकालकर बेंच पर रख लीं। फिर एक-एक को देखते करीने से बैग में रखने लगा। अमरसिंह ने ध्यान से देखा वह नौ गड्डियाँ थीं, यानी नब्बे हज़ार रुपये। वह आँखें गड़ाये अभी देख रहा था कि उस भारी-भरकम आदमी ने ज़िप खींचकर बैग बन्द कर दिया। उठकर चलने लगा तो उसकी पैण्ट नीचे खिसकने लगी। उसी तरह थैला बगल में दबाये पैण्ट की पेटी ठीक की और बरामदे से बाहर चला गया। दूसरे क्षण ही वह जाने कहाँ ग़ायब हो गया। अमरसिंह की जैसे साँस रुकने लगी थी। इतना पैसा इतनी लापरवाही से किसी को पहली बार ले-जाते देखा था।...और आदमी भी कैसा।

"मुँह न मत्था जिवें जिन्न पहाड़ों लत्था!"

उसके मुँह से बेबस ही यह आख्यान बोला गया।

फिर सचेत होकर लोगों की क़तार देखने लगा। जो पहले जितनी ही लम्बी थी, शायद कुछ और लोग क़तार में आ गये थे। उसी समय चेकबुक निकाली और चेक भरने लगा तो हाथ काँप गया। क़तार में खड़े कुछ आदमी उसकी ओर देख रहे थे। उसने उधर पीठ मोड़ी और काँपते हाथों से 'दो सौ रुपये केवल' भरकर फिर क़तार की ओर देखा, अब कोई उसे नहीं देख रहा था। हस्ताक्षर करने के बाद चेक कॉपी से अलग किया तो यही सोचने लगा कि बैंक में कितना पैसा और बचेगा, शायद बीस हज़ार के क़रीब हो। मन में कुछ उत्साह जगा तो ख़्याल आया कि जाते समय पहले पास बुक देखेगा कि बैंक में कितना पैसा जमा है।

चेक लेकर क़तार में जा खड़ा हुआ और कोई आधे घण्टे के बाद दो सौ रुपये लेकर बाहर आया तो जैसे शरम के मारे नज़रें ऊपर नहीं उठीं। लोग तो हज़ारों लेकर आ-जा रहे थे, और वह इतनी दूर पैदल चलकर आया और लेकर जा रहा है केवल दो सौ रुपये।

मन बहुत उदास हो गया। (ऐसे समय केवल नानाजी की ही याद आया करती थी।) आगे वह भारी-भरकम काला-कलूटा आदमी दिखाई दिया तो चौंक गया। देखा वह कोई और था परन्तु शक्ल वैसी ही थी। तभी नानाजी की सुनाई एक कहानी याद आयी, जो वह एक प्रचारक के हवाले से अक्सर सुनाया करते थे।

—प्रचारक बहुत मोटा था। हँसता तो सारा पेट हिलने लगता। एक कहानी—कहानी नहीं, वह अपने साथ घटी घटना सुनाया करता। किसी के घर गया तो उसके नौकर ने छोटे से गिलास में पीने को पानी दिया। परन्तु उसने सिर टेढ़ा करते कहा, 'डाल दे।' नौकर जब दो-तीन बार 'डाल दे' कहने पर कुछ समझ नहीं पाया तो वह प्रचारक, जिसका नाम निगाही भक्त था, बोला, 'अरे भाई इतना पानी तो कान में ही डाला जा सकता है। पीने के लिए तो बड़ा जग चाहिए, इसलिए कह रहा हूँ कि कान में डाल दे, तू कुछ समझ ही नहीं रहा।'

उसे चलते-चलते हँसी आयी तो नज़रें उठाकर देखा, उसके आगे-पीछे जो भी लोग आ-जा रहे थे, वे इस तरह तेज़ चल रहे थे जैसे भाग रहे हों। जाने किधर जा रहे थे, परन्तु उसकी ओर कोई भी नहीं देख रहा था। फिर सिर झुकाकर चला तो नानाजी की सुनाई निगाही भक्त की दूसरी कहानी याद आयी।

—यह कहानी उसे हर बार, यहाँ आने पर याद हो आती। एक बनिया पागल होकर, दिन-भर केवल यही बोलने लगा—'धोवताँ गयी रे, धोवताँ गयी रे।' घर के लोग इलाज के लिए जाने कहाँ-कहाँ ले गये, पर उसकी बीमारी कोई न समझ पाया। फिर एक भक्त निगाही जैसा ही कोई प्रचारक आया तो उसने पूछा, 'जब पहले दिन इसने इस वाक्य को बोलना शुरू किया तो यह कहाँ था?' घरवालों ने बताया—'जी, रोज़ की तरह बाहर नदी पर नहाने गया था, और वहीं से यह वाक्य बोलता लौटा।' प्रचारक ने पूछा, 'उस दिन इसके साथ कोई और था?' परिजनों ने बताया, 'जी दूर से एक आदमी ने इसे नहाते देखा था।' प्रचारक ने उस आदमी को बुलवाकर पूछा, 'भाई, तूने इसे कहाँ, कैसे देखा था?' वह आदमी बोला, 'जी यह नहाकर बाहर आने लगा तो एकदम अपने पैरों की ओर झुका और बहुत देर झुका ही रहा। फिर इसने कोई भारी चीज ऊपर उठायी और लगा जैसे कोई पीतल के किसी बर्तन को पानी के ऊपर उठाकर धोने लगा हो। अचानक यह इधर-उधर भागने लगा। नदी के गहरे, उथले पानी में दूर तक भागता गया। परन्तु जब बाहर आया तो यही एक वाक्य दुहराने लगा—धोवताँ गयी रे, धोवताँ गयी रे।'

हमारे प्रचारक ने सभी बनियों को बुलाकर कहा, 'भाई सभी के काम की बात है, ध्यान से सुनो। आपके इस भाई को नहाते समय पीतल की एक गागर मिली थी, जो इसके पैर से लगी और इसने नदी के तल में दबी गागर निकाल ली। स्वाभाविक है कि उसको पानी के ऊपर लाकर, उसके आसपास लगी मिट्टी को इसने साफ़ किया, तो क्या देखा कि गागर तो सोने के मोहरों से भरी थी, परन्तु यह जब

गागर को धो रहा था तो नदी में कुछ ऊँची लहरें उठीं और गागर हाथों से छूट गयी। इसने उसे बहुत ढूँढ़ा पर भगवान की लीला थी, गागर कहाँ मिलती। बस उसी गागर के हाथ में आने और छूटने के कारण यह पागल हो गया।'

फिर भक्त निगाही कहता–'देखो रे पागल लोगो, वह गागर जो स्वर्ण मुद्राओं से भरी थी, वह न तो उस बनिये की कमाई थी और न ही उसके बाप-दादा उसके लिए छोड़ गये थे। बस एक बार, किसी की–किसी की क्या भगवान की, माया थी–जो इसके हाथ में एक पल के लिए आयी और चली गयी। उसमें उस बनियें का तो खोटा पैसा भी न था।...अरे मूर्खो, सोचो कि यदि एक पल हाथ में आकर माया इसको पागल कर गयी तो जो तुम्हारी तिजोरियों में उम्र भर तुम्हारे साथ रही वह तुम्हें कितने जन्म पागल करेगी!'

फिर निगाही भक्त हँसता। उसका पेट हिलने लगता। लोग भी हँसते। परन्तु वह एकदम गम्भीर होकर कहता, 'अरे मूर्खो, हँसो मत। माया नागिन है, जिसको डसेगी वह चौरासी लाख योनियों से मुक्त नहीं हो पाएगा। समझे, क्या समझे खाक़!'

परन्तु एक बार हमारे एक मित्र ने उठकर कहा, 'तो भक्त जी, हम यह तिजोरियाँ आपको दे देवें?' निगाही कुछ देर चुप रहा और फिर हँसते-हँसते बोला–'हाँ, दे दो! परन्तु मैं उनको अपने पास नहीं रखूँगा, सारी माया भगवान को सौंप दूँगा।'

एक और बोला, 'भक्त जी, यह भगवान कहाँ रहते हैं?' भक्त जी बोले, 'तेरे पेट में तो बिल्कुल नहीं रहते। अगर कहीं होंगे तो किसी ग़रीब की झोंपड़ी में होंगे। वह तेरे घर तो कभी नहीं आएँगे, जाएँगे तो किसी विदुर के घर। तेरा मेवा त्यागकर उसका साग-भात ही खाएँगे।' आदमी ने कहा, 'तो हमारा धन आप झोंपड़ियों वालों को दे दोगे?' भक्त जी बोले, 'अरे मूर्ख! न तूने मुझे तिजोरी दिखायी और न माया दिखायी, पर मेरा माथा तो आधा चाट लिया। यदि दे देगा तो देखकर या लेजाकर किसी ग़रीब को दे दूँगा तो बाक़ी बचा माथा भी तेरे कारण फूट जाएगा। तू उस नागिन को अपने पास ही रख।' और भक्त जी हाथ जोड़ अपने माथे को लगा, हँसते-हँसते अपना व्याख्यान समाप्त कर चलते बने।...

अचानक अमरसिंह ने नज़र उठायी तो सामने मित्तू खड़ा था। हँसकर उसका कन्धा थपथपाते बोला, "तू पागल मत होना बेटे!"

और जब ज़ोर-ज़ोर से हँसने लगा तो मित्तू और दूसरे दो लड़के घबरा गये और सोचने लगे–'आज बड़े उस्ताद जी को क्या हो गया, ऐसे तो कभी इतना हँसते नहीं देखा, हाँ मुस्कराते बहुत हैं।' परन्तु न वह बेचारे इतना हँसने का कारण पूछ पाये, न ही उसने बताया।

कुछ क्षण बाद सभी लड़के अपने-अपने काम में व्यस्त हो गये।

बारह

पिछले महीने सोनी ने बहुत इन्तज़ार किया। परन्तु इस इन्तज़ार की दोपहरी ढलने लगी। और जैसे दिन ढलने लगा, चार पत्र तो आये पर अमरसिंह नहीं आया। फिर लगा वह नहीं आएगा। परन्तु जब इन्तज़ार की 'साँझ' गहराने लगी तो वह अचानक आ धमका।

वैशाख का आख़िरी पक्ष था। वह गर्मी से बेहाल बच्चों को आँगन में नहलाकर, बड़ी बच्ची को कपड़े पहना रही थी। कमीज़ सलवार पुरानी ही पहन रखी थी। सिर के बाल बिखरे हुए थे। अमरसिंह को लगा—घर का हाल भी उसके जैसा ही था—सब कुछ अस्त-व्यस्त।

भीतर आते ही इस दृश्य से उसके मन का चाव आधा रह गया। फिर भी उसने आते ही, अपने गीले बालों को होठों से चूसती छोटी बच्ची माना को गोद में उठा लिया। कितनी देर तो वह बच्ची से हँसता-खेलता रहा। माना का गीला मुँह चूमते उसकी सारी थकावट दूर हो गयी। उधर बड़ी बच्ची अम्बी नयी फ्राक पहने, मुँह में हाथों की दो उँगलियाँ डाले, बालों की लटों को दूसरे हाथ की उँगलियों से लपेटती, बड़ी, चमकीली आँखें फैलाये उसकी ओर ललचायी नज़रों से देख रही थी। अमरसिंह ने देखा तो "आओ जी, आओ मेरी अमृता शेरगिल, तुम भी आओ!" कहते उसे भी उठाकर दायीं बाँह पर बिठा लिया और दोनों को लाड़-प्यार से दुलार करते हँसता, मुस्कराता छोटी-छोटी बातें करता रहा।

...परन्तु सोनी? अचानक ख़्याल आया तो कुछ हैरानी हुई कि वह तो चुपचाप रसोई में चली गयी थी। और अब शायद स्टोव जला रही थी। वह उसी तरह दोनों बच्चियों को उठाये बातें करता हुआ, मुस्कराते हँसते रसोई में चला आया। परन्तु

सोनी के चेहरे और गीले कपड़ों, बिखरे बालों को हैरानी से देखते मन फिर दुविधा में डूब गया। पहले कभी उसने सोनी का इतना उदास चेहरा नहीं देखा था। परन्तु उसी क्षण सँभलते, मुस्कराते कहा, "क्या बात है मेमसाहिबा! कुछ रंजिश है फक्कड़ लोगों से!"

"फक्कड़ लोगों से रंजिश कैसी!" सोनी ने उत्तर दिया तो उसकी आवाज़ कुछ भारी, व्यंग्यमयी, कर्कश लगी। ऊपर नज़र उठाकर देखा भी नहीं था, सिर झुकाये स्टोव जलाने का प्रयत्न करती रही थी।

"पर देखो न फक्कड़ आपको मिलने कैसे, कितने पहाड़ों, बीहड़ों को पार कर आपके हुज़ूर में आये हैं, और आप..."

परन्तु तभी बात को अधूरी छोड़ वह कहकहा लगाकर हँसने लगा। सोनी ने तुरन्त जान लिया कि यह ठहाके उसके निश्छल मन में से नहीं फूटे, वह केवल बहुत ख़ुश होने का स्वाँग भर रहा था। (वह स्वयं भी तो स्वाँग ही भर रही थी।) चुप रहना उसे बुरा लगा।'

"आप आये हैं जी, जी आयां नूं!" उसने आवाज़ साधारण करने का प्रयत्न करते कहा।

परन्तु फिर गहरी ख़ामोशी को स्टोव की भर्रायी आवाज़ ही भंग करती रही। (बेशक अमरसिंह के होठों पर फ़ीकी मुस्कराहट फैली रही और सोनी बार-बार बुझे स्टोव को जलाती रही।)

"यह स्टोव तो ख़राब हो गया लगता है, एक पल में सारी रसोई में धुआँ भर गया। देखो न!" धुएँ से कड़ुवी हुई आँखों को बार-बार झपकते दोनों बेटियों को हा-हा-ही-ही करके हँसाते उसने कहा। परन्तु सोनी को लगा कि वह न रसोई में रुक पा रहा था और न ही उसके पैर बाहर की ओर खिसक रहे थे।

फिर कुछ क्षण बाद जब रसोई में ठहरना असम्भव लगा तो दोनों बेटियों का सहारा लेकर कहा, "चलो बेटे, बाहर चलें। यहाँ तो धुएँ से आँखों में आँसू आने लगे हैं।...चलो...चलो!"

उन्हें बाँहों पर उठाये उनसे ऊँची आवाज़ में कुछ कहता, हँसता वह रसोई से बाहर चला गया। बाहर आते ही टेढ़ी नज़र से रसोई में देखा तो सोनी अभी भी स्टोव के ऊपर झुकी थी।

वह बच्चियों को लेकर अपने कमरे में गया और खेलने की कोशिश करने लगा। फिर अचानक दोनों हाथों से ताली पीटते बहुत ऊँचे हँसने लगा तो सोनी आँखें मसलते रसोई से जैसे भागकर आते, उसके कमरे के भीतर देखने आयी कि क्या हुआ था। परन्तु कुछ भी अजीब नहीं लगा तो बाहर से ही रसोई में लौट गयी।

कुछ देर बाद जब वह चाय लेकर उसके कमरे में लौटी तो देखा कि वह पलँग पर लेटा सामने दीवार पर टँगे भूरे रीछ की तस्वीर पर आँखें गड़ाये देख रहा था।

(दोनों बेटियाँ जाने कब दूसरे कमरे में अपने-अपने खिलौनों से लगी थीं।) सोनी ने छोटी मेज़ पर चाय की ट्रे रखी और मेज़ उठाकर दीवान के पास रख दिया और क्षण-भर में बाहर चली आयी।

अमरसिंह की साँस रुकने लगी थी। फिर अचानक पेट में गुबार-सा उठा जो सिर की ओर बढ़ने लगा; सिर चकराने लगा। कुछ समझ नहीं पाया क्या था। वह दूसरे क्षण भला-चंगा था। उठकर बैठ गया। उठते समय और बच्चों के साथ खेलते समय ढीली हो गयी पगड़ी दीवान के नीचे गिर गयी। बाल बिखर गये थे। बाल बाँधने के बाद जब छोटी-सी केतली से चाय उँड़ेलने लगा तो केतली से निकल रही भाप को देखते जाने किन ख़यालों में खो गया। धीरे-धीरे चाय उँड़ेलते गुमसुम-सा बैठा रहा। फिर चाय की प्याली उठाकर जब एक घूँट भरी तो अचानक चौंक गया। ट्रे में रखा पानी का गिलास तो पीना ही भूल गया। तभी पेट में असह्य जलन होने लगी।

"सोनी!" ऊँची आवाज़ दी तो उसकी आँखें फटी-फटी लगीं और कुछ लाल भी।

"आयी जी!" बहुत मद्धम-सी आवाज़ दूसरे कमरे से सुनाई दी, परन्तु काफ़ी देर के इन्तज़ार के बाद भी वह नहीं आयी। दो-तीन घूँट भर प्याली की चाय ख़त्म की और फिर दीवान पर लेट गया।

कुछ समय बाद जब सोनी उसके कमरे में आयी तो देखा, उसने दोनों बेटियों को अच्छे से कपड़े पहना रखे थे, परन्तु अपने बाल गीले हाथों से ठीक कर आयी थी। कपड़े भी नहीं बदले थे। क्षण-भर के लिए अमरसिंह जैसे घूरकर देखता रहा। फिर अचानक अपने 'नारमल मूड' में आया तो भूरी-नीली-सी चमकीली आँखें जैसे अचानक नाचने लगीं।

"हुज़ूर, हम तो अँग्रेज़ बनने की सोच रहे हैं, और आप गाँव के जाट-बूट बनने जा रहे हैं। यह क्या बात हुई हुज़ूरेआला!"

सोनी को लगा उसकी टाँगें काँपने लगी थीं। परन्तु अमरसिंह उसके चेहरे को ध्यान से निहारते मुस्कराने लगा था।

"जब हुए ही गाँव के गँवार, तो और कैसे रहेंगे!" सोनी ने खड़े-खड़े कहा और माथे पर चिपके कुछ बालों को दायें हाथ से सहलाने लगी।

"अच्छा अब सामने बैठ जाओ जनाब! एक नज़र दीदार तो कर लें!" कहते हुए अमरसिंह ने वही निरछल ठहाका लगाया, जिस पर सोनी किसी समय 'मर मिट जाया' करती थी। परन्तु आज उसका कोई प्रभाव नहीं हुआ। चेहरा तुलसी के मुरझाये पत्ते-जैसा ही बना रहा, परन्तु उसके 'हुकुम की बाँदी'-सी बनी धीरे-धीरे भीतर आकर सामने सोफ़े पर बैठ गयी।

"मैंने कहा हुज़ूर!"—अनभोल उसी तरह सोनी के चेहरे पर नज़रें गड़ाये बोला,

"हम विलायत जा रहे हैं...और कुछ महीनों बाद अपनी बेटियों को...और उनकी मम्मी 'मेमसाहिबा' को भी वहीं बुला लेंगे। लन्दन के बड़े बाज़ारों, पार्कों की सैर किया करेंगे। बस आप तैयार रहना!"

"पहले चाय पीयो ठण्डी हो रही है!" उसकी बात का कोई भी सीधा उत्तर न देकर सोनी ने कहा तो उसकी आँखें झुक गयीं (और कुछ नम भी हो गयीं)।

अमरसिंह ने लपकते छोटी माना को उठाकर पेट पर लिटाया तो बच्ची के पैर की ठोकर से प्याली में बची कुछ चाय दीवान पर बिछी चद्दर पर गिर गयी। सोनी उठकर चद्दर साफ़ करने लगी और प्याली उठाकर ट्रे में रखते हुए कहा, "कुछ ध्यान रखा करो।"

"ध्यान! ध्यान बहुत रखेंगे इन अपनी प्यारी-प्यारी बेटियों का; चद्दर का नहीं। ऐसी तो ढेरों चद्दरें हम अभी ला सकते हैं। एक ख़राब होने की क्या चिन्ता।"

फिर वह बच्ची को गोद में उछालते, उसे हँसाते, वही अपने स्वभाव के अनुसार छोटी-छोटी बातें करता, ठहाके लगाने लगा।

सोनी शायद रसोई में चली गयी थी। आँगन में आ घुसे गली के किसी कुत्ते या बिल्ली को बाहर भगाने का बहाना करके चली गयी तो वापस नहीं लौटी। अमरसिंह दोनों बच्चियों से खेलता, हँसता उसे आवाज़ें देता रहा, परन्तु वह 'आयी-आयी' कहते कभी रसोई तो कभी दूसरे कमरे में आती-जाती रही, परन्तु उसके कमरे में नहीं आयी।

उसे आये दो रातें और दो दिन बीत चुके थे परन्तु पहले की तरह पास-पास बैठकर न दोनों खुलकर कोई बात कर पाये, न ही हँस-खेल पाये। अमरसिंह के मन में जो विलायत जाने का ख़्याल 'काल चिड़िया' की तरह फुदकने लगा था, वह तिनके की चिंगारी की भाँति ठण्डी हवा के एक छोटे से झोंके से बुझ गया। अभी तक सोनी ने विलायत जाने या न जाने के बारे में एक भी शब्द नहीं कहा था। इसी कारण तीसरी रात उसने खीझकर पूछा, "तू सीधी बात बता, मेरे विलायत जाने से तू ख़ुश भी है या नहीं?"

"आपकी जैसी इच्छा, इसमें पूछने की क्या बात है!"

वही 'उलटा-सा उत्तर' फिर मिला। वह रात-भर करवटें बदलता रहा, और सुबह पौ फुटने से पहले ही लौटने की तैयारी करने लगा। सोनी रसोई में जाकर चाय बना लायी तो वह ट्रे की ओर देखता तैयारी करता रहा; चाय ठण्डी होने लगी। सोनी ने न उसे रुकने को कहा और न ही ठण्डी हो रही चाय पीने को। वह भी गुमसुम जैसे 'परदेसियों' की भाँति आया था उसी तरह 'अजनबियों' की भाँति लौट गया।

तेरह

वापस लौटकर अमरसिंह कई दिनों तक उदास और चुपचाप रहा। न उसका मन काम करने में लग रहा था, न ही कोई दृढ़ फैसला कर पा रहा था। मिट्ठू की कई चिट्ठियाँ आ चुकी थीं। उनमें लिखा था कि वह उसके लिए किसी अच्छे काम की तलाश में था। (उसे कोई काम मिल गया था, परन्तु यह नहीं लिखा था कि काम क्या था।) परन्तु अमरसिंह का उत्साह जैसे समाप्त हो चुका था। (अब न चिंगारी थी, न हवा का झोंका, केवल ख़ाली धुँधला आकाश था।)

कुछ दिन बाद वह मन को, बच्चे की भाँति उँगली पकड़कर केवल तर्क के सहारे धीरे-धीरे दो-चार क़दम चलाने का प्रयत्न करने लगा। मन को कहा, 'विलायत जाकर करोगे क्या? बाबा मिलखा ने तो कहा था—बेटा, जिसकी चले दुकानदारी, उसके सामने क्या करेगी तहसीलदारी।' यदि दुकानदारी अच्छी चले तो परदेस कोई काहे को जाए! मिट्ठू तो अकेला था ऊँट की दुम-जैसा। कहीं जाए कहीं रहे उसके पीछे क्या बच्चे रोएँगे। तू ठहरा घर-परिवार वाला, तेरी बात और है। कुछ समझने का प्रयत्न कर भाई!

परन्तु मन तो चंचल होता है। बाबा मिलखा ने बताया था—'बेटा, जिसने मन को क़ाबू में कर लिया, उसने संसार को जीत लिया। मन को ज्ञानी लोग बन्दर, झण्डे के फफूँदे और दीये की लौ जैसा मानते हैं। यह तीनों कभी स्थिर देखे हैं तूने? तूने क्या, किसी ने भी नहीं देखे। दीवे को सातवें कोठे में रख दो, जहाँ हवा का नामोनिशान भी न हो, उसकी लौ फिर भी काँपती रहेगी। यही हाल झण्डे के फफूँदे का और बन्दर का है।

कुछ दिन मन क़ाबू में नहीं आया। फिर उसने 'इधर उधर' दो पलड़ों में रखकर मन से पूछा—'अब बता कौन-सा पलड़ा झुका है।' उत्तर मिला—'झुका तो इधर का ही है।'—तो फिर ठीक है। (परन्तु फिर भी लगा तकड़ी में कुछ 'पासँग' है, नहीं तो शायद दोनों पलड़े बराबर ही रह जाते)।

उस दिन के बाद उसने सब-कुछ दोबारा शुरू किया। सुल्तान अकबर जहाँ काम करने लगा था, उसे ढूँढ़कर बीस रुपये वहाँ से अधिक तनख़्वाह पर वापस ले आया। उसकी सभी शर्तें मान लीं। मिट्ठू के पुराने (आवारा) मित्रों से साँठ-गाँठ शुरू कर दी और मिट्ठू के बताये सभी 'ढंगों' पर चलने का इरादा कर, काम बढ़ाना आरम्भ कर दिया। इसी दौरान मिट्ठू की जितनी भी चिट्ठियाँ आयीं किसी का भी उत्तर नहीं दिया। चिट्ठी आती तो मन फिर डोलने लगता। तब गुरवाणी की एक पंक्ति बार-बार दुहराने लगता।

मन लोचे बुरिआईयाँ
गुर-शब्दीं एह मन होड़िये!

नानाजी की शिक्षा उन दिनों बहुत काम आयी। मन जब भी बेचैन होता तो बाबा को ही याद करके प्रणाम करते कहता, 'बचाओ बाबा!' और वह बचा लेते।

फिर कुछ समय बाद काम में इतना व्यस्त हो गया कि सभी चिन्ता, बेचैनी, दुविधा मिट गयी। उसके 'कलामय' हाथ की चर्चा चारों ओर होने लगी। दूसरे पेण्टर उससे डरने लगे, उसे असफल करने की योजनाएँ सोचने लगे। परन्तु उसका कुछ बिगाड़ नहीं पाये। आये-दिन नये ग्राहक आने लगे और पुराने और अच्छी तरह से जुड़ गये। (उसे लगा उसकी मीठी बोली और विनम्रता जीवन में पहली बार 'काम' आये थे)।

एक दिन उसने दो पत्र लिखे, एक मिट्ठू को और दूसरा सोनी को। मिट्ठू को लिखा—'अब तो भाई यहीं के हो चुके हैं। काम बहुत अच्छा है—विलायत से भी अच्छा। यदि तू भी लौट आए तो दोनों यहीं विलायत बना लेंगे।' और सोनी को अपनी भविष्य की योजनाओं के बारे में विस्तार से लिखा, जिनमें दो विशेष थीं। पहली तो राजधानी में अपनी छोटी-सी बहुत सुन्दर 'शीशमहल' जैसी कुटीर (कोठी) बनाने की थी (जो दो-तीन साल में पूरी होनी सम्भव थी)। दूसरी योजना थी दुकान को बहुत बड़े पैमाने पर विकसित करने की। अन्त में लिखा 'बस मैं तो केवल ऊपर के ही काम पर लग जाऊँगा। काम तो सारा दस-पन्द्रह शागिर्द, पेण्टर किया करेंगे। फिर काम इतना बढ़ेगा कि मुझे एक मैनेजर की ज़रूरत पड़ेगी। सारे काम का ज़िम्मेवार वही होगा। दुकान तो बहुत बड़ी कहीं लेनी पड़ेगी; इस छोटी-सी जगह में इतना काम नहीं हो पाएगा। मोल ही लेंगे, किराये पर नहीं। बैंक से बहुत सारा

लोन मिल जाएगा। नहीं तो मिट्ठू वहाँ से पैसे भेज देगा। उसका पैसा यहीं उसके घरवालों को देते रहेंगे।'

और फिर अपनी बड़ी योजनाओं के लिए उसने इतनी भागदौड़ शुरू की कि कई बार तो महीना-डेढ़-महीना भर कहीं पत्र नहीं लिख पाया। 'राज़ीख़ुशी' दो शब्द भी लिखने की फ़ुर्सत न मिल पाती। कभी-कभी भावुक होकर सोनी को घर आने की बात भी लिख देता। परन्तु जाता कैसे? यहाँ तो उसे सिर खुजलाने की फ़ुर्सत नहीं मिल पा रही थी।

और काम ने, नयी योजनाओं ने ऐसी बेड़ियों में जकड़ लिया कि आठ-दस महीने तक भी, एक दिन घर जाने का समय नहीं मिल पाया। (कभी-कभी मन ख़ीझ जाता, परन्तु दूसरे दिन कोल्हू के बैल की भाँति, आँखों पर 'खोपे' चढ़ा उसी चक्कर में चलने, भागने-दौड़ने लगता)।

चौदह

दोपहर में उसकी आँखों की पुतली जितनी बड़ी बिन्दी लगाकर, पड़ोसन रीटा टकें-टके की बात करने आ बैठी तो सोनी ने उत्सुकता से उससे स्वयं पूछ लिया, "तुमने तीर्थराम की घरवाली की जो बात बतायी थी, उसका अब क्या हुआ बहन जी?"

"अब!" गली के दरवाज़े की ओर देखते होठों पर जीभ फेरते हुए रीटा ने जैसे मज़ा लेते हुए कहा, "वह बात क्या अब किसी से छिपी रह गयी है बहन जी! तुम्हें जाने क्यों पता नहीं चला, वह खसमखानी तो उस मुश्टण्डे को रोज़ बुला लेती है, और बुलाती भी सरेआम है—और तो और...!" फिर आवाज़ धीमी करके रीटा बोली, "सुना है इस बात का तो उसके मालिक तीर्थराम को भी पता है। वह तो कई बार किवाड़ बन्द करके उसकी चमड़ी भी उधेड़ चुका है, पर ऐसी कलमुँही औरत का आदमी क्या करे, जो मारपिटाई से भी टस से मस न हो। जब उसने अपने ख़ानदान के सिर में राख डालना तय ही कर लिया है, तो कोई कैसे समझा पाएगा उसे। कहते हैं न—जिस लाह लई लोई फिर की करेगा कोई! और ऐसी बात आदमी मित्र-बेली आर-परिवार को बताये भी भला कैसे। तुम तो खुद समझदार हो, कोई ऐसी घर की बात बताएगा बाहर?...बस तुम तो सब जानती हो!"

और सोनी उस रात भी नहीं सो पायी। आधी रात तक तो बिजली बन्द होने के कारण, ऐसे गर्म मौसम में सो ही नहीं पायी। उसके बाद जाने कैसी उलटी-सीधी बातें मन में आती रहीं कि पौ फटने तक भी आँख नहीं मुँदी। मुँह-अँधेरे जब दोधियों के साइकिलों के पीछे लदे ढोलों की खड़खड़ सुनाई दी तो उसे अजीब-सा भय महसूस हुआ। पेट से उठा गुबार गले में आकर अटक गया। उसने टाँगें इकट्ठी करके घुटने

छाती से लगा लिये। आस-पास देखा तो आँखों में अनींदे के कारण काँटों की-सी चुभन महसूस हुई, और खुला आँगन, किसी दानव की तरह भक्षण करने को चारों ओर से अपने जबड़े भींचने लगा! सारे कमरे, रसोई के सभी दरवाज़े रात खुले छोड़ दिये थे। इनसे सारा घर ख़ाली-ख़ाली और उजड़ा-सा लगने लगा। जब भीतर के किसी भय से सारी काया काँपने लगी तो ज़ोर से दोनों बाँहें भींचकर चेहरा ढाँप लिया।

दोपहर से कुछ पहले एक आदमी, अमरसिंह का नाम लेकर बिना रुके आवाज़ देते भीतर चला आया और आँगन में आकर एक खाट पर ऐसे बैठ गया जैसे उसका अपना ही घर हो। कोई किसान था। कन्धे पर रखा साफ़ा हाथ में लेकर, धूल से सटे जूते झाड़ते अपने आप ही बोलने लगा तो सोनी हैरान हुई उसे देखती रही।

"भाई बीबा! फंगन सिंह ने सन्देशा दिया है कि जितनी जल्दी हो सके गाँव आ जाओ। एक तो भाई राजो बीमार है। दूसरे लड़के की शादी-ब्याह की बात भी वे लोग तुमसे करना चाहते हैं।...वैसे अमरसिंह लौटेगा कब, बीबा जी?"

"उनका क्या पता जी। वह तो काम बाहर करते हैं!"

"अरे हमने तो सुना था कि वह कहीं मास्टर लगा है, किसी स्कूल में।"

"अब तो जी वहाँ अपना ही काम करते हैं, स्कूल से तो लम्बी छुट्टी ले रखी है।"

"अच्छा, पर वह रहता कहाँ है, काम क्या करता है?"

"दुकान है जी, बाहर।"

"चलो यह तो ठीक है। पिता-पुरखी का काम ही अच्छा होता है, नौकरियों में आजकल क्या रखा है; यह लोग तो देखने में ही जँण्टरमैन होते हैं। कहते हैं न—जँण्टरमैन दे पल्ले दुयानी, घर मरदी ऐ भुखी जनानी। ऐसे भी चाकरी को तो बड़े-बुजुर्गों ने नखिद्ध कहा है। कहते हैं न—उत्तम खेती, मद्धम भुपार, नखिद्ध चाकरी, भीख दुआर!"

और वह बोलता चला गया। अमरसिंह के माँ-बाप, उसके रिश्तेदारों के आगे-पीछे की सभी सुनाता रहा। सोनी ने उसे पानी दिया, चाय पिलायी और आती-जाती उसकी बातों का हुंकारा भी भरती रही। कितनी देर के बाद जब वह जाने लगा तो दोनों बच्चियों को जेब से निकाल एक-एक रुपया दिया।

"लो रे—यह अपने दादा का शगन लो।...कभी हमारे गाँव आना तुम्हें बेर खिलाएँगे। ईख भी चूसने को देंगे और हरे चने भी चबाने को देंगे—अच्छा!"

"न जी, यह तकलीफ़ न करो!" सोनी ने कहा।

"है पगली! धी-ध्यानियाँ तो सभी की साँझी होती हैं। मैं कोई जग-बाहरी बात कर रहा हूँ? वह अमरसिंह हमारा बेटा है और यह हमारी पोतियाँ हैं। क्या हुआ

तुम शहर में रहते हो, हो तो हमारे ही न। अपने तो अपने ही रहते हैं, चाहे चीने-मचीने चले जाएँ।"

सोनी उसकी बातों का कोई उत्तर नहीं दे पायी। उसका मन अधीर हो उठा था। वह किसान बेटियों को आशीष देते चला गया। जाते-जाते फिर ताक़ीद करता गया कि वे जल्दी से जल्दी गाँव आने का प्रयत्न करें।

उसके चले जाने के बाद जैसे मन 'नदिया' की धारा ही बदल गयी। दिन-भर मन चंचल रहा। अपने बहन-भाई के मायके के कितने लोग सास-ससुर, देवर-भौजाइयाँ तथा देवर-ननदों को याद करते मन-ही-मन उनसे बातें करती, जैसे बिन पंख ही 'उड़ती' रही। सभी से जाने क्या-क्या बातें कीं, क्या सुनीं।

और उसी शाम इधर-उधर डोलता प्रीतू भी अचानक आ गया। आते ही उसने 'सत् श्री अकाल' कहा और हाथ जोड़े, रसोई के किवाड़ के सहारे खड़ा हो गया। उसे देख सोनी खिलखिलाकर हँसने लगी तो प्रीतू उसके सफ़ेद सुन्दर दाँत और 'गुलाब-सा' चेहरा, चमकीली आँखें देखकर चकित रह गया। (पहले उसने कभी उसे इतनी ख़ुश न देखा था।) तब उसने प्रीतू की बाँह पकड़कर उसे खाट पर बिठा दिया।

"तू ऐसे क्यों दीवार से चिपककर खड़ा हो जाता है, जैसे कोई जंगल से नीलगाय पकड़कर बाँध गया हो! अपना घर समझकर आराम से क्यों नहीं बैठता?"

प्रीतू ने आँखें झुकाये रखीं, अच्छी तरह मुस्करा भी न सका। उसका सुडौल, जवान हो रहा सुन्दर शरीर जैसे सिकुड़कर छोटे बच्चे-सा हो गया। परन्तु एक बार बाँह पकड़कर सोनी ने जहाँ बिठा दिया, वह वहाँ से उठ नहीं पाया।

"अरे भोले भगत, आराम से बैठ। खाट चुभती है तो इधर कुर्सी पर आकर बैठ जा।" सोनी के मुँह से प्रीतू को जैसे फूल बिखरते हुए लगे—उन्हीं ही राजकुमारियों की तरह जिनकी उसने केवल कहानियाँ सुनी थीं, देखी तो कभी न थीं।...बस आज ही कुछ कल्पना कर पाया था।

"अच्छा अब तू यह बता कि चाय पीएगा या दूध? पर दूध तो तू पीता ही पीता है, बच्चों की तरह। है न?"

वह फिर खिलखिलाकर हँसी तो प्रीतू ने सिर और झुका लिया। उसी समय गली में खेलती दोनों बच्चियाँ भागती आकर 'प्रीतू चाचा, प्रीतू चाचा' कहती उसकी दोनों बाँहें पकड़कर डुलाने लगीं तो प्रीतू भी संकोच से मन्द-मन्द मुस्कराने लगा। उनसे छोटी-छोटी बातें भी करने लगा।

तभी अधिक दूध वाले चाय का गिलास उसकी ओर बढ़ाते हुए सोनी ने कहा, "दूध तो शाम को आएगा, अभी तू यह गाढ़ी चाय पी, फिर दूध भी मिलेगा।"

प्रीतू ने अब निःसंकोच गिलास पकड़ लिया। सोनी ने बच्चियों को प्यार से अपने पास बुलाते हुए प्रीतू से पूछा, "आज तू हमारे घर का रास्ता कैसे भूल गया!"

"नहीं जी, मैं तो...!"

"मैं तो क्या–शायद महीने के बाद आया होगा तू।"

"नहीं जी, अभी तो...।"

और प्रीतू को पता भी नहीं चला कि कब सोनी की आँखों में आँखें डाल वह बातें करने लगा। अन्त में उसने जो बात सुनायी, सोनी को लगा जैसे वही बात सुनाने आया था।

"वह अपने मास्टर जी हैं न जी, गुरकीर्त सिंह, वह जी मुझे बार-बार पूछ चुके हैं कि माना और अम्बी कैसी हैं। मास्टर जी कब कितनी देर बाद आते हैं। मुझे भी पूछते हैं कि मैं आपके घर आया-जाया करता हूँ या नहीं। एक दिन यह भी पूछा कि आपके घर में और कौन-कौन आते जाते हैं। माखी यहीं रहता है या गाँव चला गया...इसी तरह जब भी मिलते हैं ऐसी बातें पूछने लगते हैं जी।"

"तो फिर तू क्या उत्तर देता है?" सोनी ने मुस्कराते हुए पूछा, तो प्रीतू ने देखा जैसे वह उसकी बातों की हँसी उड़ा रही हो। उसी क्षण उसकी नज़रें झुक गयीं। फिर सिर झुकाये ही बोलता गया।

"मुझे क्या कहना था जी। जितनी बात मुझे पता होती है बता देता हूँ।"

"क्या बता देता है?"

"जी जो पता होता है।"

"क्या पता है तुझे?"

प्रीतू की आँखें और झुक गयीं, परन्तु सोनी खिलखिलाकर हँसने लगी। उसके चेहरे का रंग हल्का गुलाबी हो गया और आँखों में भी चमकीली लालिमा दिखाई दी। प्रीतू एक नज़र देख, सोनी के बार-बार रोकने पर भी नहीं रुक पाया–जैसे भागकर घर से चला गया।

और उसी रात सोनी को फिर नींद नहीं आयी। मन बहुत बेचैन होकर जाने कहाँ-कहाँ भटकता रहा कि लाख यत्न करने पर भी बस में नहीं रहा।

दूसरे दिन ही अमरसिंह की 'चार अक्षरी' चिट्ठी आ गयी। लिखा था–'मैंने विलायत जाने का इरादा छोड़ दिया है। अब यहीं विलायत बनाकर दिखाऊँगा। सारी सकीम बना चुका हूँ। लिख भी ली है। पूरी बात घर आकर बताऊँगा।'

उसका मन उदास हो गया कि उस भले आदमी को यह भी नहीं मालूम कि यह बातें पहले भी लिख चुका था और अब भी किसे आना था, किसे वह 'सकीमें' बतानी थीं। जैसे पहले समय बीत रहा था, उसी तरह एक महीना और गुज़र गया। उसके बाद न कोई सन्देशा भी नहीं आया, स्वयं आने की बात तो दूर रही।

सोनी और रीटा का मेलमिलाप अधिक बढ़ने लगा था। आस-पड़ोस की स्त्रियाँ उन्हें पहरों इकट्ठी बैठ बातें करते देख जाने क्या-क्या सोचने लगी थीं। एक पड़ोसन, बन्तो

सुनियारी ने तो पंखों की डारें बनाकर उड़ा भी दी थीं--कि सोनी और रीटा के पास बाहर के कई मर्द आने लगे हैं। (वह तो उनके नाम, शक्ल-सूरतें भी बताने लगी थी, जैसे सभी को पहचानती हो और देख चुकी हो।)

"राम, राम! यह तो साक्षात् कलयुग है बहन!" बन्तो जिससे भी मिलती यही बात दोहराने लगती। "क्या धर्म-कर्म रह गया किसी का आजकल!...देखो न वह तो परदेस चला गया। उस बेचारे को क्या पता कि घर में क्या हो रहा है। पर सोचें तो दोष तो उसका भी है जो अन्धा होकर वहाँ बैठा है, और पीछे घर में आग लगी है। उसे जाकर कौन समझाए कि भलेमानस गाय और औरत की मर्यादा तो कीले पर बँधे रहने तक होती है। जब इनके गले से रस्सी उतार दो तो भगवान जाने कहाँ भटकेंगी!...देखो न इधर--कोई आवारा गाय आ जाए तो उसके पीछे चार-चार साँढ भागते हैं। आपस में लड़-भिड़कर अपने सींग तुड़वा लेते हैं। देखा है न! तो फिर यही होता है आवारा पशु और 'बेवारिस' औरत के साथ!"

यही शब्द किसी से सुनकर रीटा ने सोनी को ऐसे ढंग से बताये कि सोनी उसे कुछ कह नहीं पायी; न ही उसका मन स्थिर रह पाया। किसी बहाने रीटा को उठा दिया और स्वयं रसोई में जाकर काम करने लगी। मन बहुत विचलित हो गया था।

फिर जैसे सब-कुछ अच्छा-बुरा, एक-सा लगने लगा। धीरे-धीरे सभी कुछ भूलने लगा। पहले भी कितनी बार मान-मर्यादा या लोक-लाज की बातें सोच चुकी थी। वह सब मन की ही तो बातें थीं। मन 'मर' गया तो जैसे सारा संसार भी मर गया। अब सोच-विचार की कौन-सी बात पीछे रह गयी थी।...जब लोई ही उतार कर आँगन में नाचने लगो तो घूँघट कैसा!...

साँझ को गुरकीर्त आया तो सोनी ने माखी से कहा, "उन्हें अपने फूफाजी के स्टूडियो में बिठाओ, मैं आती हूँ।"

फिर माखी को दस रुपये देकर कहा कि बाज़ार से कुछ खाने को ले आए। और चाय की ट्रे लेकर जब कमरे में आयी तो मुस्कराकर बोली, "कोई ज़रूरी काम छोड़कर तो नहीं आये? कहीं लौटने की जल्दी तो नहीं है?"

"जी, काम क्या है वह तो ज़िन्दगी-भर का जंजाल हुआ। दादाजी कहा करते थे--बेटा! काम नहीं ख़त्म होता आदमी ख़त्म हो जाता है।"

"यह ठीक है!" वह मुस्करायी।

जब वह केतली अलग प्याले में उँड़ेल रही थी तो गुरकीर्त ने उसकी उँगलियों के नाख़ून को बहुत साधारण रंग के नेल पॉलिश से रँगे देखकर सोचा कि ऐसा हल्का चमकीला रंग पहले कभी न देखा था। परन्तु पूछने का साहस न कर पाया।

फिर चाय पीते दोनों की आँखें ही बातें करने लगीं; मुँह से बोलकर कुछ कहने की आवश्यकता ही न रही थी। चाय पीते माखी अपनी प्याली लेकर जाने कब दूसरे कमरे में खेल रही बच्चियों के पास चला गया था। परन्तु तभी उसे आवाज़ देकर रसोई में जाने को कहा, "देख माखी, मैं स्टोव जलता तो नहीं छोड़ आयी। वहाँ जितने बर्तन बिखरे हैं सब धो लेना। मैं आकर दोबारा साफ़ कर लूँगी—यदि ठीक न कर पाया तो।"

वह दोनों जब अकेले रह गये तो सोनी ने गुरकीर्त की आँखों में सीधे झाँकते हुए कहा, "जब समय होआ जाया करो। आपके दोस्त का ही घर है।"

"मैं तो जी कई बार..." आगे कुछ बोल पाने का साहस नहीं हुआ।

चाय पीते वे इधर-उधर की बातें करते रहे। सोनी उसे बहुत प्रसन्न दिखाई दी। वह खुलकर बातें करने लगी थी। (उस घटना को कई महीने हो गये थे और वह जैसे सब कुछ भूल गयी थी।)

जब वापस लौट रहा था तो गुरकीर्त ने जाने किस भय से पीछे मुड़कर नहीं देखा। उसे अद्भुत अहसास हो रहा था, जैसे वह धरती के ऊपर उड़ रहा हो। क्या जो देखा-सुना वह सच था?...सच ही तो था। परन्तु यह सब सम्भव कैसे हुआ—अभी भी कुछ समझ न पा रहा था।

उधर सोनी के मन में जाने कैसी उथल-पुथल मची थी। वह स्वयं भी नहीं समझ पा रही थी कि उसे हुआ क्या है। कभी मन कहीं भाग जाने को कहता तो कभी सभी की नज़रों से छुपकर किसी गहरी गुफ़ा में चली जाना चाहती थी, जहाँ कोई भी न देख पाए। ऐसी दुविधा का अनुभव आज तक न हुआ था। इस कारण 'उन्हीं के कमरे' के किवाड़ बन्द करके गली ओर की खिड़कियों के परदे खींच दिये और दीवान पर औंधे गिरकर चेहरा बाँहों में छुपा लिया। तभी इतनी रुलाई आने लगी कि मुँह बन्द रखने के लिए चेहरा सिरहाने में छुपाना पड़ा।

अब गुरकीर्त जैसे 'अपना' घर समझ जब भी फ़ुर्सत मिलती, चला आता। जब भी आता बच्चियों के लिए मिठाई, फल, खिलौने ले आता। प्रीतू या माखी उसके लिए चाय बनाते और सोनी गुरकीर्त के साथ चाय पीते हुए कभी हँसती, कभी गम्भीर हो जाने कैसी कैसी बातें करने लगती। कभी वे दोनों ताश भी खेलते। माखी और प्रीतू को पहले की तरह कोई हैरानी न होती। वे जान गये थे कि सोनी सुबह-सवेरे नहा-धोकर अच्छे कपड़े पहनने लगी थी। आस-पड़ोस की बहुत-सी स्त्रियों ने उसके घर आना छोड़ दिया था। एक रीटा ही थी जिसे जब भी समय मिलता, आती और घण्टों बतियाती रहती। (उससे भी मुहल्ले की किसी औरत का अधिक मेलजोल न था।) रीटा रोज़ कोई ऐसी 'नयी' ख़बर सुना जाती जिससे सोनी को लगता कि

उसकी यह समझ ठीक न थी कि अभी इस कस्बे में शहरों की-सी बातें नहीं होतीं। (कभी तो ऐसा लगता यह सभी कुछ घर-घर होने लगा है। फ़र्क इतना था कि रीटा को यह सभी भेद मालूम थे जो उसे घर बैठे पता न चल पाते।)

बहुत दिनों बाद अमरसिंह का पत्र मिला तो उसने बहुत जल्दी में केवल यह देखा कि अपने आने की बात तो नहीं लिखी थी। ऐसा कुछ न लिखा था। वह पत्र खुली अलमारी में फेंक दिया, परन्तु उस रात जब सोने लगी तो बहुत बेचैनी महसूस हुई। बिस्तर से उठकर आँगन में आ गयी। कार्तिक की सुहावनी रात थी। बहुत सर्दी न थी। गर्मी तो एक महीना पीछे ही छूट चुकी थी। आकाश में, बाजरी की अनचुपड़ी आधी से कुछ अधिक रोटी-जैसा चाँद पड़ोसियों के घर की मुँडेर के ऊपर आकर रुक गया था। चाँद के बायीं ओर एक भूरे रंग का बादल का टुकड़ा, धीरे-धीरे ऊपर उठ रहा था। इसकी शक्ल पहले कुछ और थी। परन्तु एक क्षण बाद चपटे मुँह वाले 'बुल्ली कुत्ते' जैसी हो गयी थी। (ऐसे कुत्तों से वह हमेशा बहुत डरा करती थी।) परन्तु उसके देखते-ही-देखते यह शक्ल मदारी के रीछ की तरह बदलने लगी, जिसे दो टाँगों पर खड़ा करके, उसकी नकेल पकड़कर अक्सर मदारी नाचने को कहा करता तो रीछ खड़ा हो अगले पैरों को ऐसे हिलाने लगता जैसे दायें पैर से चरखे की हत्थी घुमा रहा हो और बायें से पूनी पकड़े सूत कात रहा हो।...

वह अभी उस बादल के टुकड़े की कितनी ही शक्लें बदलती देख रही थी कि ठण्डी हवा का एक झोंका आया और उसकी सारी देह काँपने लगी। पर दूसरे ही क्षण अंगों से जैसे ताप निकलने लगा। आँखों से चिंगारियाँ फूटने लगीं। कन्धों, छाती, बाजुओं और जाँघों, पिण्डलियों तथा पाँवों के तलवों में इतनी सिहरन महसूस हुई जैसे सारा बदन जलने लगा हो। एक बार आकाश पर, मुँडेर से कुछ ऊपर उठे चाँद और अब सिकुड़कर बिल्ली की तरह ताक लगाये बैठे बादल को देख और फिर लम्बे डग भरती भीतर चली आयी।

कमरे में हरी बत्ती जल रही थी। उसने जल्दी से अपनी चुन्नी उतारकर खूँटी पर टाँग दी और दोनों बेटियों को गहरी नींद में सोये देखकर दूसरे पलँग पर रखी रेशमी कपड़े की हलकी रज़ाई ओढ़कर लेट गयी। फिर इतनी ठण्ड महसूस हुई कि टाँगें इकट्ठी कर घुटने छाती से लगाते बाँहों में भींच लीं। परन्तु कँपकँपी और बढ़ गयी। तभी दूसरे पलँग पर लेटी छोटी माना ने करवट ली और जाने क्या बड़बड़ाया कि उसके ऊपर से कम्बल खिसक गया और टाँगें नंगी हो गयीं। जल्दी से उठकर उसका कम्बल ठीक किया और फिर अपनी रज़ाई में सिकुड़ गयी। मुँह-सिर भी रज़ाई से ढाँप लिया।

परन्तु कुछ ही क्षण बाद रज़ाई में मुँह छुपाने के कारण साँस छुटने लगी।

मुँह रज़ाई के बाहर निकालकर, छत्त, दीवार और कमरे में पड़ी सभी चीज़ों को ऐसे देखने लगी जैसे कुछ भी नहीं पहचान पायी हो। लगा, जैसे किसी और का घर हो; कोई भी चीज़ जानी-पहचानी न थी। (खूँटी पर टँगी चुन्नी भी नहीं पहचान पायी।) घुटने के ऊपर से लिपटी बाँहें पीछे हटाकर दोनों हाथ घुटनों में भींच लिये परन्तु तब भी हाथ धीरे-धीरे इतने ठण्डे होने लगे जैसे बर्फ़ में दबे हों। आधी रात तक वह ऐसे ही गठरी की तरह पड़ी रही, परन्तु न बदन की सर्दी कम हुई और न ही नींद आयी। कभी खुली अलमारी में रखे बच्चों के खिलौनों को देखती तो कभी दीवारों पर टँगी कुछ तस्वीरों को ताकने लगती। सभी की शक्लें डरावनी तथा अजीब लगतीं।

साढ़े बारह या एक बजा होगा, जब गली के दो-तीन कुत्ते भौंकते सुनाई दिये। और फिर बाहर के दरवाज़े पर उँगलियों के ठकोरने की आवाज़ सुनाई दी। जब उँगलियों की आहट बढ़ने लगी तो छाती की धक्-धक् भी बढ़ गयी। जब आहट और बढ़ी तो पहले की ही भाँति काँपती टाँगों के बीच हाथ दबाकर मुँह-सिर रज़ाई से फिर ढाँप लिया। कुछ क्षण तो छाती की धड़कन बढ़ती रही परन्तु फिर अचानक ऐसे रुक गयी जैसे सारा बदन सूखी टहनी की तरह हो गया कि कहीं काटो, किसी पीड़ा का एहसास नहीं होगा।

जब किवाड़ों पर आहट और बढ़ गयी तो उसे रुलाई आने लगी। आँखों से आँसू नहीं, अंगारे-जैसी पानी की धारा बहने लगी। पहले हटकोरे भरने लगी, फिर मुँह में रज़ाई का एक कोना ठूँस लिया, परन्तु न आग-जैसा पानी रुका, न हटकोरे।

कुछ समय बाद दम घुटने लगा तो रज़ाई का पल्ला सिर से दूर फेंक दिया। आँगन की ओर खिड़की के शीशों से देखा तो बाहर अन्धकार था। साँय-साँय करती रात, आँधी-तूफ़ान की भाँति चारों ओर घर को घेरे हुए थी। कुछ समय पहले देखा चाँद भी कहीं दिखाई नहीं दिया; न ही सफ़ेद भूरा बादल नज़र आया। इतनी भयभीत रात का पहले कभी ऐसा एहसास नहीं हुआ था। परन्तु डर या भीतर की कुण्ठा के कारण, जहाँ जो अंग था वहीं रहा, कोई उँगली भी नहीं हिला पायी। जाने कब आँखें मुँद गयीं—किसी बात की सुध नहीं रही।

तभी माखी की आवाज़ सुनाई दी। हड़बड़ाकर उठी तो वह कुछ ऐसा बोल रहा था, "बुआ! चाय यहीं लाऊँ? मैंने तो कब की पी ली। दिन बहुत चढ़ आया है। दूधवाला भी दूध कब का दे गया।"

"पानी गर्म कर, मैं अभी आयी!" उसने बिखरे बाल सँवारते हुए कहा, परन्तु माखी का चेहरा नहीं देख पायी। वह लौट गया।

धीरे-धीरे उठकर खूँटी से चुन्नी उठायी और सोयी बेटियों की ओर देखती रसोई की ओर चली गयी। भीतर माखी को स्टोव पर पानी गर्म करते देखा तो साथ के कमरे में जाकर शीशे के आगे खड़ी हो गयी। चेहरा इतना मुरझाया तो कभी

नहीं था; जैसे यह किसी और का हो। आँखों के नीचे केवल काले धब्बे ही थे, कुछ झुर्रियाँ भी दिखने लगी थीं। सारा चेहरा रूखा और बेआब-सा लगा, जिस पर कहीं भी पहले-सी कोमलता नहीं थी। हाथों को उलटा कर देखने लगी तो उन पर भी कितनी ही नीली नसें उभरी दिखाई दीं। उँगलियों के जोड़ों की त्वचा खुश्क और झुर्रायी हुई दिखाई देने लगी थी।...तभी लगा कि यदि एक क्षण भी और खड़ी रही तो गिर पड़ेगी। धीरे-धीरे पीछे हटती दीवान पर बैठ गयी। साँस ऐसी फूली हुई थी जैसे कोसों भागती आयी हो।

"माखी, मुझे यहीं चाय ला दे...बेटा!"

और तभी आँखें मूँद लीं तो एक बार फिर शरीर बेजान हुआ लगा। दीवान पर लेट गयी।

पन्द्रह

"तुम्हारा पता-ठिकाना ढूँढ़ते दो पहर हो गये मास्टर, जाने किस जंगल में छिप गये हो। किसी ने बताया ही नहीं कि हमारा छोटा भाई शहर के एक कोने में बैठा तस्वीरें ही बनाये जा रहा है।" राजू ने आते ही जैसे उलाहना दिया।

अमरसिंह अपने 'ग्राहक' की सूरत देखने को ही जैसे तरस गया था। राजू के देखते ही फूल की भाँति खिल गया। उसे आदर से कुर्सी पर बिठाया और एक लड़के को चाय लाने को भेज दिया। राजू से घर-बार, उसके बच्चों की राज़ी-ख़ुशी पूछने लगा। परन्तु राजू जैसे जल्दी ही लौटना चाहता था। सभी बातों का उत्तर, 'सब ठीक-ठीक है', कहकर देते थोड़े ही समय में सारी बात निपटा दी।

"आ जा, पहले कहीं खुली जगह चलें। यहाँ तो तेरे रंगों और तस्वीरों की 'ख़ुशबू' में बात खो जाएगी!" राजू ने चाय पीकर उठते हुए 'ख़ुशबू' शब्द कुछ ऐसे बोला जैसे 'बदबू' कहा हो। अमरसिंह को साथ लेकर दुकान से थोड़ी दूर खुले मैदान में एक आम के पेड़ के नीचे चला गया और दोनों पेड़ की छाया में बैठ गये।

"और काम-धन्धे का क्या हाल है?" राजू ने केवल बात शुरू करने के लिए ही पूछा।

"बहुत अच्छा तेरी दया से।" अमरसिंह ने मुस्कराते हुए कहा, "अब एक-दो दिन में कोठी के लिए प्लॉट की रजिस्ट्री करवा रहा हूँ, फिर बस सारा परिवार यहीं रहेंगे। यह शहर बहुत अच्छा है।"

"अच्छा—तो तुझे यह शहर बहुत अच्छा लगता है!" राजू ने कहा, "ऐसे तो तू पढ़ा-लिखा सयाना आदमी है, हमारे से तो तेरी शक्ल भी बहुत अच्छी है, पर है तू रब्ब की दी ही खानेवाला...सतजुगी जीव!"

अमरसिंह उसकी बात सुनकर मुस्करा दिया। (जैसे राजू की बड़ाई पर बहुत ख़ुश हो)। यही सोचकर बोला, "यह तो तुझे भी पता है कि हमें कोई चुस्ती-चालाकी तो आती नहीं। रब्ब दाता ख़ुद ही सबका ध्यान रखता है—सबका पालनहार है।"

"इसीलिए कहता हूँ कि तेरे-जैसे सीधे-सादे लोगों का जमाना नहीं रहा। पहले अपना घर-बार लुटवा देते हैं, उसके बाद हथेलियों से आँखें पोंछते रह जाते हैं। उधर चिड़िया सारा खेत चुग जाती है!"

अमरसिंह एकदम राजू का व्यंग्य समझकर जैसे कुछ भौचक्का-सा उसकी गहरी, छोटी आँखों तथा उलझी दाढ़ी की ओर देखने लगा, परन्तु ठीक से उसकी बात नहीं समझ पाया।

"बात दरअसल यह है मास्टर!" राजू स्थिर तथा धीमी आवाज़ में बोला, "तू यहाँ कोठियों, महलों के सपने लेता रह जाएगा, पिछली कोठियों पर लोग कब्ज़ा कर लेंगे!...देख, हम दोनों पुराने मित्र-बेली हैं, इसलिए मन दुखी हुआ तो तेरे पास चला आया। भला तू यह बता कि कभी पीछे अपने परिवार का भी कोई ध्यान किया है तूने?...यह तो ठीक है कि तू यहाँ बहुत अच्छा पैसा कमा रहा है, कोई बुरी बात नहीं है। पेट के लिए लोग चीन, बरमा तक भी चले जाते हैं। तू तो केवल घर से दो सौ मील ही दूर है। पर तूने यह कभी सोचा कि पीछे रह गयी अकेली औरत घर को कैसे सँभालेगी?...कहीं ऐसा मत सोच लेना कि मैं तेरे परिवार में फूट का बीज बोने आया हूँ; पर अभी भी समय है कि तू आँखें खोलकर देखे कि तेरी ग़ैरहाजरी में तेरे घर की दीवार में कौन गड्ढा खोद रहा है। कुछ ध्यान कर! कुछ सोच-समझ कि दुनिया किधर जा रही है। काम-धन्धा तो सभी को करना पड़ता है, परन्तु बाल-बच्चे का ध्यान रखना भी आदमी का फर्ज है।...तेरी तरह पैसा कमाने की आड़ में अपनी मान-इज्जत को नहीं भूला जा सकता। जिसकी मुट्ठी बन्द न रहे उसके पास क्या बचेगा? मेरी बात का बुरा मत मानना। सच्ची बात कड़वी होती है, यह कौन नहीं जानता..."

राजू कुछ क्षण चुप रहा तो अमरसिंह ने सिर झुका लिया और एक तीले से पत्थर की छोटी-छोटी कंकरियों को ऊपर-नीचे करते, जाने किन ख़यालों में खो गया। परन्तु उसी समय राजू उठते हुए बोला, "बस, मैं तेरे पास यही कहने आया था, अब तू अपना पढ़ा विचारना।"

जब वह लम्बे-लम्बे डग भरता सड़क की ओर जाने लगा तो अमरसिंह ने उसे रुकने के लिए कहा, परन्तु वह नहीं रुका।

"तू आया भी, तेरी कोई सेवा भी नहीं की..." धीमे तथा उदास स्वर में अमरसिंह उसके साथ चलते इतना ही कह पाया था कि राजू जैसे एकदम भड़क गया।

"तेरी सेवा बहुत देख ली! अब मेरी बात को ऐसे मत गँवा देना जैसे बेहड़े[1] के जमाई का 'पैरी पैना' कुत्ते ही गँवा देते हैं। मेरी बात पर ध्यान देना, नहीं तो सारी उमर पछताएगा, कहे देता हूँ।"

अमरसिंह को जैसे धरती अपने में समाने की आज्ञा नहीं दे रही थी, नहीं तो वहीं गरक जाता। एक बार राजू की पीठ देखी तो लगा कि जैसे कोई यमदूत दानव उसका सभी कुछ 'भक्षण' करके जा रहा हो। बार-बार सोचने पर भी भ्रम हुआ कि राजू शायद झूठ बोलकर उससे कोई अदावत का हिसाब चुकाने आया था। परन्तु उसका तो आज तक किसी से कोई बैर नहीं था, फिर यह तो पुराना मित्र ठहरा, ऐसा वह क्यों सोचेगा। विश्वास नहीं हो रहा था। पर जो कुछ वह कह गया, उसका बोझ उसके मन पर बढ़ता ही जा रहा था। अमरसिंह का सारा शरीर जैसी मिट्टी होने लगा।

वह दुकान पर जाने की बजाय सीधा घर चला आया। जब कुछ नहीं सूझ पाया तो अपने एक पुराने मित्र, साधे दर्ज़ी को पत्र लिखने बैठ गया। कई काग़ज़ लिखकर फाड़ दिये। जान नहीं पाया कि वह कैसे लिखे। जब उधेड़बुन में उलझा मन कुछ स्थिर हुआ तो केवल तीन वाक्य का पत्र लिखा।

प्यारे मित्र साधा सिंह,

सत्श्री अकाल।

आशा है तू परिवार सहित आनन्द खुश है। यदि तू मेरे बच्चों का भी हाल-चाल लिख सके तो तेरी बहुत कृपा होगी।

तुम्हारा भाई,
अमरसिंह 'अनभोल'

फिर एक सप्ताह तक उसकी जो हालत रही उसे सह पाना उसके बस की बात नहीं थी। सात-आठ दिन के बाद एक पुराना ख़स्ताहाल पोस्टकार्ड मिला जिसकी लिखाई वह मुश्किल से पढ़ पाया। कुछ ऐसा लिखा था :

'लिखता साधा सिंह सग्गू, आगे जोग मास्टर अमरसिंह अनभोल जी मेरी गुरु-फतेह परवान करनी जी। अग्गे हाल यह है कि आपकी चिट्ठी मिल गयी है जी। पर आपके घर का हाल अच्छा नहीं है। तेरी बीवी अब पहले-जैसी नहीं रही, और उसके पास कई गैर लोग आते-जाते हैं। हमें तो लिखते भी बहुत शरम आती है जी। आपके आगे दोनों हाथ जोड़कर बेनती है जी हम सबकी बहुत बेइज्जती होती है जी। इसलिए या तो आप अपने परिवार को अपने साथ ले जाओ, नहीं तो यहाँ आके अपना घर सँभालो जी। और सब सुख-सांद है जी। पढ़ने-सुनने वालों को हमारी फ़तेह परवान होवे जी। दासन दास साधा सिंघ।

1. 'बेहड़ा' पंजाब के गाँवों के बाहर हरिजनों की बस्ती को कहते हैं।

अमरसिंह की आँखों के सामने अँधेरा छाने लगा। एक बार नहीं, उसने ग़ैर-आदमियों के आने-जाने के बारे में लिखे शब्द कई बार पढ़े तो कुर्सी पर बैठ नहीं पाया; भीतर कमरे में जाकर चारपाई पर लेट गया।

साँझ होते ही वह चारपाई उठाकर मकान की छत पर चला गया। मित्तू को कह दिया कि वह रोटी नहीं खाएगा। आधी रात तक नीले आकाश को देखता रहा—विशाल आकाश में टिमटिमाते तारे, पूरब से आधे से अधिक अण्डे के आकार जैसा चाँद—सभी कुछ दिखाई देते भी कुछ भी नहीं देख पा रहा था। कभी-कभार ऐसा लगता जैसे सोनी का सुन्दर चेहरा चाँद के ऊपर चिपका हुआ हो; परन्तु उसके ऊपर उतने ही धब्बे हैं जितने काले धब्बे चाँद पर हैं। चेहरे के नीचे कोई भी अंग दिखाई नहीं दे रहा था। एक कटा हुआ सिर ही दिखाई दे रहा था। दूर-दूर तक शहर की सड़कों की बत्तियाँ तो दिखाई दे रही थीं, परन्तु उनकी रोशनी पहले की तरह नीले-काले आकाश की ओर फैलती दिखाई नहीं दी। वह जैसे आसपास के झरोखों में घुसकर, अन्धकार के साथ ही मिल रही थी—या इन अजीब से झरोखों, खिड़कियों और दरवाज़ों के भीतर का अँधेरा इन रोशनियों का भक्षण किये जा रहा था। ऐसा क्यों था? या केवल उसकी मनोदशा के कारण था। इस रहस्य को बार-बार सोचने के बाद भी समझ नहीं पा रहा था।

आधी रात बीत गयी होगी, जब उसे फागुन की ठण्ड में भी ज़ोर की प्यास लगी। नीचे आ गया। रसोई के पास वाले कमरे में अँधेरा था। (पहले इसमें मिट्ठू सोया करता था, अब मित्तू मियाँ सोने लगा था।) मित्तू के जागने के डर से अपने कमरे के लाल रंग की बत्ती ही जलायी। रोशनी में कमरे की कोई चीज़ साफ़ दिखाई नहीं दे रही थी। धीरे-धीरे कुछ चीज़ों की पहचान की तो गला सूखने लगा। तभी याद आया कि नीचे तो पानी पीने आया था। दबे-पाँव रसोई में जाकर दो-तीन गिलास पानी पिया तो ठण्ड में भी पसीना आने लगा। रसोई के बाहर आकर रुका। कोई भूली बात याद आने से फिर अपने कमरे में चला गया। कमरे की बड़ी अलमारी के नीचे कुछ पुराने अख़बार और पत्रिकाएँ पड़े दिखाई दिये। धीरे से अख़बारों के ढेर को उलट-पलट देखा तो एक भारी-सी अँग्रेज़ी पत्रिका को देखने लगा। अचानक उसमें से एक अन्तर्देशीय लिफ़ाफ़ा नीचे गिर पड़ा। पत्रिका वहीं फेंक लिफ़ाफ़े को उठाकर कुर्सी लेकर बैठ गया और छोटे मेज़ से पैन उठाकर पत्र ऐसे लिखने लगा जैसे इसे अभी डाक में डालना हो—रात की मेल डाक निकलने के लिए।

प्रिय मित्र मिट्ठू,

मैं एक सप्ताह के अन्दर तेरे पास पहुँच रहा हूँ, किसी काम का बन्दोबस्त कर देना। दोनों साथ ही रहेंगे।

परन्तु आगे कुछ नहीं सूझ पाया कि क्या लिखे। पत्र बायें हाथ की मुट्ठी में

भींच लिया और उठकर बाहर बरामदे में आ गया। घर के बड़े दरवाज़े के किवाड़ खुले छोड़कर, बड़ी सड़क की ओर बढ़ गया। (यह सड़क पास के किसी गाँव की ओर जाती थी।) सिर झुकाकर सड़क पर चलता रहा तो अचानक बायें हाथ में भींचा लिफ़ाफ़ा पसीने से भीग गया। एक पेड़ के पास रुककर उसे देखने लगा। फिर धीरे-धीरे उसके चार, आठ और सोलह टुकड़े कर दिये। लगा, अभी सारे अक्षर फटे न होंगे। उन टुकड़ों को तीन-तीन, चार-चार जोड़कर, और छोटे-छोटे टुकड़े कर, दोनों मुट्ठियों में भर लिए। दोनों हाथों की मुट्ठियों से, काली-कलूटी सड़क पर वे टुकड़े गिराता चला गया।

कुछ घबराहट में रुककर दोनों हाथ आँखों के पास लाकर देखा, वह ख़ाली हो चुके थे। एक-दो टुकड़े हथेली पर चिपके रह गये थे। हथेली ज़ोर-ज़ोर से पैण्ट पर रगड़कर वे टुकड़े भी गिरा दिये तो पहले की तरह ही मुट्ठियाँ भींचकर आगे बढ़ने लगा। पीछे मुड़कर तो नहीं देखा, परन्तु इतना अहसास ज़रूर हुआ कि 'अधूरा' शहर बहुत पीछे छूट गया था। चाँद भी पश्चिम की ओर ढलने लगा था, जिससे उसकी अपनी परछाईं जो उसके आगे चल रही थी बहुत लम्बी होने लगी थी। रुककर सामने देखा तो गाँव के छोटे-बड़े कच्चे-पक्के कोठे दिखाई दिये। फिर एक साथ ही बहुत सारे कुत्ते भौंकते सुनाई दिये तो वहीं रुक गया।

...आगे चौड़ी सड़क तंग होते हुए गाँव की एक गली तक चली गयी थी। गली कीकर के पेड़ों के झुण्ड में छुपी हुई थी। सड़क पेड़ों के नीचे से गाँव की गली तक जाकर गली को बकरी के मेमनों की भाँति भक्षण करती दिखाई देती थी!...

उसी क्षण गाँव में भयंकर शोर सुनाई दिया, जैसे हर कोई जागकर भाले, बर्छे, तलवार तथा लाठी हाथ में लिये, आगे बढ़ते अजगर के सिर पर पूरी ज़ोर से वार कर रहा था...परन्तु अजगर आगे बढ़ता जा रहा था—सभी कोठों, पशुओं तथा बच्चों को निगलते, आगे बढ़ता जा रहा था। उस पर किसी हथियार का कोई असर नहीं हो रहा था।

भय से अमरसिंह का सारा शरीर काँपने लगा। वहीं से वापस लौटते पीठ पीछे हाथ करके, मुट्ठियाँ भींच लीं। लगा जैसे अजगर को लताड़ते चल रहा हो। जो भी पाँव अजगर पर पड़ता वह जैसे फिसल जाता। मुट्ठियाँ और भिंच जातीं। मुट्ठियों में अब काग़ज़ के टुकड़े नहीं बालू रेत भरी थी...जितनी अधिक मुट्ठियों को भींचता, उतनी ही रेत मुट्ठियों के बीच से अधिक निकलती लगती; मुट्ठियाँ ख़ाली होने लगी थीं।

तभी पहले-जैसे भय से काँपते हुए अचानक रुककर उसने हाथ आँखों के बहुत नज़दीक करके देखे—हथेलियाँ रेत से सनी थीं। नाखून उँगलियों में इतनी बुरी तरह गड़ गये थे कि पसीने से ख़ून की गन्ध आने लगी थी। अधिक देर तक देख

नहीं पाया तो पहले की भाँति पीठ के पीछे हाथ किये, मुट्ठियाँ भींचे, सिर झुकाये चलने लगा। लगा अब अजगर की पूँछ पर चल रहा है। सिर उठाकर देखा तो इस पूँछ का अन्त कहीं दिखाई नहीं दिया। शहर की 'अँधेरी' बस्तियों के नीचे एक-दो नहीं, सैकड़ों अजगर रेंगते दिखाई दिये। एक बहुत भयानक लम्बा अजगर उसके घर तक जा पहुँचा था...परन्तु उसकी पूँछ इस शहर की किसी दुकान, किसी दफ़्तर में अब भी फँसी हुई थी। और वह उसे देख नहीं पा रहा था।

रुककर फिर हथेलियों को देखने लगा। अँधेरे में ठीक से दिखाई नहीं दिया। परन्तु ऐसा लगा जैसे बायीं हथेली ख़ून-पसीने से भरी हुई थी और दायीं में अपने पुरान गाँव के उत्तर की ओर के टीले की रेत भरी थी। दोनों मुट्ठियाँ भींच, पीठ के पीछे हाथ किये, कमर झुकाये आगे बढ़ा तो भिंची मुट्ठियों से ध्यान हट नहीं पाया।

अभी घर बहुत दूर था—दो सौ मील या डेढ़ सौ कोस। परन्तु दायीं मुट्ठी से धीरे-धीरे सारी रेत ख़िरने लगी थी। जितना ही मुट्ठी को अधिक भींचता, रेत उतनी ही अधिक किरने लगती।

घर से बहुत दूर दायीं मुट्ठी में रेत का एक कण भी नहीं बचा था, परन्तु बायीं मुट्ठी में ख़ून-पसीने की गन्ध इतनी बढ़ने लगी थी कि वह ठीक से साँस भी नहीं ले पा रहा था।

...कुछ क्षण रुका, फिर चलने लगा। परन्तु घर जाने कितनी दूर था, कहीं भी दिखाई नहीं दे रहा था। चलते-चलते वह यह भी भूल गया कि क्या उसका घर इसी शहर में था?

□□□